「その方々はケーナ様の同行者だそうですよ」
「クー」
「ケーナ」
「サイレン」

オプス
「何じゃこの弱者は？」
クロフ

「なんっ、ですってっ!?」
クロフィア

「宴会でカリカリしていても致し方なかろう。少し落ち着くがよい」
「だ・れ・の・せ・い・よ!?」

リアデイルの大地にて 6

WORLD OF LEADALE

【著】Ceez
【イラスト】てんまそ

WORLD OF LEADALE

CONTENTS

ILLUST. てんまそ

これまでのあらすじ

大事故で寝たきりになった各務桂菜《かがみけいな》は停電によって生命維持装置が異常をきたし、ＶＲＭＭＯリアデイルにログインしている最中に命を落としてしまう。

だが、その次に彼女が目覚めた場所は、見覚えのない宿屋の一室であった。そして自分の姿がゲームのアバターとなっていることに愕然《がくぜん》とする。

そして宿屋の女将《おかみ》マレールより、今世がゲームの時代より二〇〇年も経《た》った後の世界で七国あった国が三国に纏《まと》まっていることを聞くのであった。

過去に戻れない以上、桂菜ではなくアバターのケーナとして生きていこうと漠然とした思いを抱き、温かく迎えてくれた辺境の村で生きていく道を模索し始めるのであった。

そこで近辺にスキルマスターだった時に所有していた塔があると知り、塔の守護者と再び顔を合わせるのであった。

守護者からは他のスキルマスターの塔が起動魔力不足で停止しかけていると聞いた。

これまでのあらすじ

訪ねて行けば音信不通となった他のスキルマスターについての情報を得られるんじゃないかと思った彼女は、世界に旅立つことを決意するのだった。

隊商を率いるエーリネという名の犬人族《コボルト》と、それを護衛するアービタという傭兵団《ようへいだん》団長と出会ったケーナは、一般常識を学びつつ彼らに同行してフェルスケイロという国の王都を目指した。

冒険者ギルドに登録しに行ったら、宰相アガイドとその孫娘のロンティと出会い、脱走した王子の捕縛依頼を受ける。

水面を走って追うなどのスキルで民衆を騒がせるが、無事に王子を捕まえて、侯爵であるアガイドの後ろ盾を得るのだった。

また、ゲーム時代に里子に出したサブキャラクターたちが、国の重鎮として生きていることを知りコンタクトしてみる。関係性は母と子だ。

長男であるスカルゴは美丈夫のエルフ。何故《なぜ》か国のナンバー3となる大司祭の地位にいた。

長女であるマイマイは既婚者美女エルフ。王立学院の学院長を務めているようだ。

養子の次男であるカータツは常識人のドワーフ。巨大な造船所の所長という肩書きを持つ。

恋をしたこともなければ結婚を考えたこともないケーナは、突然にできた息子&娘たちとの関係に戸惑う。

折しも王都にあった闘技場がスキルマスター№9の塔と判明する。

紆余曲折《うよきよくせつ》あって目覚めさせた守護者から聞いた情報により、リアデイルのサービス終了を知ることになる。

他のプレイヤーと出会うことが絶望的と打ちのめされたケーナは結界に籠《こ》もってしまうが、突撃してきたスカルゴやマイマイ、カータツの存在に励まされ、再び前を向いて生きることにするのであった。

エーリネから北に位置する国ヘルシュペルまでの護衛の仕事を受けたケーナは、途中の辺境の村に寄った時に、井戸の奥底から聞こえて来る不気味な唸《うな》り声《ごえ》の事件を解決する。

声は何処《どこ》かの海の底から、不可解な事故によって運ばれた人魚のミミリィのものであった。

ケーナは村に作った公共浴場の女湯の一部を改築し、ミミリィが住めるような環境を作り上げると、事件の報酬を彼女の衣食住に充ててしまう。

村を発ってヘルシュペルに向かったエーリネの隊商は、ケーナのスキルを駆使した力業で橋の落ちたエッジド大河を渡るが、国境で西から流れて来た盗賊の襲撃を受ける。

だがそれらは事前に別の用件で呼んでいたケーナの召喚獣たちの力も借りて、何事もなく退けることができた。

盗賊たちのボスはケーナの人知を超えた魔法によって、氷の華となり砕け散るのだった。

これまでのあらすじ

ヘルシュペル国に入ったケーナは、大陸を股《また》に掛《か》けるという大商会「堺屋《さかいや》」の創設者ケイリックと出会い、衝撃の事実を知ってしまう。

なんと彼はマイマイが前の夫との間に作った息子、つまりケーナにとっての孫だったのだ。

更にケイリックには息子がいることが判明し、何にもしていないうちから曾孫《ひまご》まで存在することにケーナは気が遠くなる。

些細《ささい》な誤解から関係性に亀裂《きれつ》が入る祖母と孫。

その後、騎士団に所属するというケイリックの双子の姉ケイリナからの謝罪を受け、益々困惑するケーナであった。

だが次に訪問するはずの守護者の塔が、大陸の西側を席巻《せっけん》する盗賊の縄張り内にあると知り、ケーナはケイリックの手を借りて殴り込みに行く準備を進めていく。

ケイリナの制止を振り切って強引に盗賊の縄張りに踏み込んだケーナだが、その盗賊たちを率いるのが魔人族のプレイヤーだと判明する。

余りに自己中心的な考え方と、傍若無人な振る舞いに激怒したケーナは、彼に戦いを挑む。

全てを知り尽くした上に限界突破のスキルマスターに敵《かな》うはずもなく、魔人族のプレイヤーはケーナに処刑されかけた。

だが、すんでのところで間に入ったヘルシュペルの騎士団に捕縛される。

GM《ゲームマスター》に匹敵する権限を持つケーナの特殊能力により、その力を一〇分の一に落とされた魔人族のプレイヤーは、怨嗟《えんさ》の声を上げながら騎士団に連行されて行った。

目当ての守護者の塔を起動させたケーナは、その塔がかつての悪友にして同ギルドメンバー、オペケッテンシュルトハイマー・クロステットボンバー、通称オプスのモノだったと知る。

守護者からケーナにと託された本からは小さな妖精ちゃんが現れ、それ以降ケーナの傍に寄り添うことになるのだった。

ケーナは盗賊を退治したことにより得た報酬と、エーリネがケーナ作の仏像を売《う》り捌《さば》いて得た儲《もう》けをミミリィに投資しようと計画する。

途中でエッジド大河に橋を架けていたカータツと合流し、辺境の村に戻ってみると、リットの発案で洗濯業を営む元気なミミリィの姿を目にするのだった。

フェルスケイロに戻ったケーナは、冒険者ギルドからホーンベアの肉の入手という依頼を受ける。

街中でばったり出会ったロンティとその友人のマイという王女の護衛も引き受け、依頼に同行させることになった。

そしてマイ王女の片思いの相手が、息子のスカルゴだと聞きだすことに成功する。

同時期にフェルスケイロの学院では、ケーナの【古代の御技《スキル》】に憧れたマイマイの夫のロプスが失敗作をゴミ穴に捨てていた。

だがそのゴミ穴はゲーム時代の戦争の奪還ポイントであり、失敗作にはポイントを起動させる材料が十全に混ざっていた。

その結果イルカ頭の巨大なペンギン怪獣が王都に出現することになってしまう。

王都が大混乱に陥《おちい》る中、率先して怪獣に対処する者がいた。

騎士団長である竜人族《ドラゴイド》のシャイニングセイバーと、冒険者であるコーラルだ。なんと二人はかつて同じギルドで肩を並べていたプレイヤーであった。

プレイヤー二人の力に、騎士団と魔法師団の頑張りをもってしても怪獣の足止めが精々。

王都がこのまま壊滅するかと誰もが感じたところに、ケーナの大魔法が炸裂《さくれつ》し怪獣に止《とど》めを刺す。

予期せぬ二人のプレイヤーとの邂逅《かいこう》により、ケーナは悪友もどこかでしぶとく生き残っているのでは？　と予感する。

ついでにコーラルから塔の情報も得られ、ケーナは一石二鳥だと喜ぶ。

一度、辺境の村に戻ったケーナは、南に位置するオウタロクエスの国から調査団がやって来ていたと知る。

だがその調査団はカモフラージュで、団に紛れていたオウタロクエスからの密使によりケーナは勧誘を受けた。

密使から得た情報によるとオウタロクエスを治める女王はサハラシェードといい、なんとゲーム時代のハイエルフコミュニティの妹分だったサハナの里子だというのだ。

降って湧いた女王の伯母《おば》という地位にケーナは益々動揺することとなる。

精神的に疲れたケーナは、守護者の塔探しが一段落したらリットを空の旅に連れ出そうと、計画するのだった。

竜宮城の守護者の塔を探すため一時的に騎士団の盗賊の残党退治に同行し、ちょっとした誤解から騎士団長であるシャイニングセイバーの婚約者と認識されてしまう。

途中で騎士団と別れたケーナは竜宮城が目撃された漁村へ向かうが、なんとそこは不穏な空気が立ち込め、ゾンビやグールなどが闊歩《かっぽ》する死の村となっていた。

ケーナは調査で村を訪れていた冒険者たちに保護されていた、漁村の生き残りの少女と合流する。

その場にいた竜人族《ドラゴイド》の冒険者エクシズは、かつて所属していたギルドメンバーの一人、タルタロスの別垢《べつアカ》だったことが判明した。

突然の再会を喜ぶ二人は、村を奪還すべく協力することを誓う。

生き残りの少女をケーナの召喚猫耳執事に任せ、エクシズの仲間のクオルケと共に力を合わせて、死霊を支配していた海賊船を滅した。

竜宮城の守護者の塔を起動させたケーナは生き残りの少女ルカを引き取ることにし、彼女のために辺境の村に本拠地を構えることにするのだった。

もう一人の召喚猫耳メイドも呼んで、喧嘩《けんか》が多発する愉快な道中には苦笑するばかり。

犬猿の仲の執事のロクシリウスとメイドのロクシーヌを加え、辺境の村に家を建てて家族生活をスタートさせるのであった。

ケーナはかねてからの約束通りリットを含めた村の子供たちを、空の遊覧飛行に誘う。

ケーナの義娘であるルカに、宿屋の娘のリットと工務店の息子のラテムの三人を連れて、大空に舞い上がる。

気持ちよく飛行を楽しんでいるとエーリネの隊商が魔物に襲われている場面に遭遇し、ケーナは慌てて彼らを救出する。

アービタから村の周辺に魔物が潜伏していると知らされ、彼らと共にこれを撃退する。

同時刻に花冠を作るために子供たちが村を抜け出していた。

あわや魔物に襲われそうになるが、ルカの所持していたペンダントから出現した高レベルのホワイトドラゴンがこれを撃退する。

ホワイトドラゴンの放ったブレスは、大地に亀裂のような痕跡《こんせき》を残す。

轟音《ごうおん》を聞きつけて急いで村に帰還したケーナは、ルカを抱きしめると号泣して無事を喜ぶのだった。

生活用品を求めて「堺屋」に飛んだケーナは、依頼を受けてやって来たコーラルのパーティに、曾孫であるイズークを紹介する。

ケイリックから国境で二国間の会議があると情報を貰《もら》い、辺境の村に戻ったケーナの前にはスカルゴが姿を見せていた。

彼は国境での会議に参加するついでに辺境の村に寄ったのだという。

ケーナはロクシリウスと共に村の防備を強化する。

その最中に村長から村がハーヴェイ男爵家の領地だと聞き、驚くこととなる。

その男爵家はマイマイの旦那であるロプスの家だったのだ。

生活用品を買い出しに行こうと思ったケーナは、社会見学のためにルカとリットを連れていくことにする。

丁度、村を訪れていたエーリネの隊商に同行して、単体で走行することのできるゴーレム幌《ほろ》馬車《ばしゃ》の使《つか》い心地《ごこち》を試すのであった。

だがそのゴーレム幌馬車のせいで厄介な貴族に目を付けられていると知り、同行したロクシーヌに注意を促しつつ、ケーナたちはフェルスケイロへと到着する。

これまでのあらすじ

フェルスケイロは川祭りという一大イベントの真っ最中であった。

しかしエッジド大河に不気味な影が現れたという噂話《うわさばなし》のせいで、祭りの開催自体が危ぶまれていると聞いたケーナは、冒険者ギルドの依頼でこの件の解決に乗り出すこととなる。

メイドのロクシーヌに子供たちの世話を任せ、ケーナは大河を調べに出かける。

同時期、貴族の愚かな企《たくら》みにより、街の闇組織がケーナの関係者を人質に取ろうと行動を開始した。

主《あるじ》に代わり子供たちの面倒を見ていたロクシーヌは、後ろ暗い男たちが強硬手段を取りつつあるのに気付き、強者の余裕でもってこれを撃退する。

たかがメイドと子供を攫《さら》うのに作戦は要らないと舐《な》め腐《くさ》っていた闇組織の者たちは、大打撃を受けてアジトに逃げ帰るのだった。

しかしアジトへ戻った闇組織の者たちには、ある筋から恐ろしい悪魔たちが差し向けられていた。

恐怖に屈した彼らには拷問《ごうもん》の方が遥《はる》かにマシと思うような、苦痛に染まった罰が待っていたのである。

翌日騎士団は、貧民街の端で醜い姿へと変わり果てた闇組織の者たちを発見する。

辛《かろ》うじて口を利ける組織の者から恐ろしい悪魔の名を聞いた騎士たちは、街中の警戒を密にするのであった。

その頃ケーナは闘技場の守護者からの情報によって、大河に現れた大きな影の正体が他の守護者の塔だということを知る。

巨大な白鯨《はくげい》の姿をしている守護者の塔は、スキルマスター№1の塔だというのだ。

移動型守護者の塔をひとところに纏めるため一計を案じたケーナは、騎士団や王女に協力を依頼して、市民たちを騙《だま》す一芝居を撃つことにするのだった。

お芝居を実行したところ、それは大成功に終わる。

フェルスケイロの中洲の上流位置には、白鯨の守護者の塔が留《とど》まることとなった。

懸念事項がなくなって漸《ようや》く川祭りが開始され、ケーナは子供たちと祭りを楽しむ。

祭りも終わりに近づいた頃、ケーナへの恨みを募らせていた貴族宅を、悪魔を連れた魔人族が強襲する。

彼は恐怖に包まれる貴族の処遇をコイントスで決めるのだった。

子供たちを連れて造船所へ向かったケーナは、ロクシーヌに子供たちを任せて一人釣りを始める。

大漁に次ぐ大漁で中洲は人が集まり、お祭り騒ぎが加速する。

そして白鯨の影が現れるよりも前に大河を騒がせていた魔物をケーナが釣り上げた。

異様な姿の魔物に人々が恐怖する中、ケーナはこれを一蹴する。

諸々に別れを告げて帰路に就いたケーナは、途中で会議帰りのスカルゴやコーラルと出会う。

そしてコーラルからゲームシステムの不調と廃都《はいと》の存在を知らされ、オプスの捜索意欲を高めることとなる。

辺境の村では留守を守っていたロクシリウスを屈服させ、メモを残して行った謎の人物から「名付けよ」とのメッセージを受け取るのであった。

その対象が妖精ちゃんのことと知ったケーナは、悩みに悩んで彼女を「クー」と名付けた。

村の者たちにクーを紹介したケーナは、妖精が幸運の存在となっていることを知る。

灯《あか》りの魔道具のことでケイリックに呼び出されたケーナは、イズークやケイリックにクーを紹介してから魔道具の依頼を片付けていく。

孫らと雑談に興じていたケーナのもとへ、シャイニングセイバーから緊急のフレンド通信が届いたのはそんな時だった。

内容はフェルスケイロが魔物の群れに襲われているという驚愕《きょうがく》するものだった。

駆け付けた東門で恐竜シリーズの先遣隊を片付けたケーナは、本隊の相手をするべくフェルスケイロの南側に向かう。

そこには中堅プレイヤー数人でもないと相手にならないレベルの魔物が、群れを成して進軍していた。

限界突破の実力を遺憾なく発揮し、魔物の群れを瞬く間に滅したケーナは騎士団の救援に西門へ向かう。

同時刻、南のオウタロクエスでは観光名所の巨大な亀が進行方向を変えて、王都へ向かっていた。

冒険者と騎士団はこれに一丸となって立ち向かい、亀の軌道を変えるために尽力していた。

エクシズとクオルケは、丁度居合わせたためにこの騒動に巻き込まれた。

隠《かく》れ鬼《おに》という爺さんを交えて守護者の塔らしき亀の甲羅《こうら》の上で、テレビ局のような不可思議な建物に突入する。

中はテレビ番組のセットになっており、クイズ番組のような問題の数々に三人は挑戦することとなる。

クオルケが脱落したが、エクシズと隠れ鬼の爺さんは出題される問題のノルマをぎりぎりでクリア。

王城に突っ込むギリギリのところで、亀を止めることに成功するのだった。

ところ変わってフェルスケイロでは特殊能力を持つ魔物によって、騎士団が操られて冒険者と対峙《たいじ》するという異変が起きていた。

冒険者側に参加していたアービタの機転によって、日ごろの恨みを騎士にぶつけて正気に戻そうとする冒険者たち。

そこへぴーちゃんと共に乱入したケーナは、騎士を操っていた魔物を難なく葬る。

スカルゴとの面会の約束を取り付けたケーナは、何故かそこに同席する王と王妃とも会うことになってしまう。

王子と王女が世話になっていると頭を下げる王たちに、ケーナはあっけにとられる。

スカルゴからクーの記憶にある夜の神殿について聞くが、そこからは有力な情報が得られなかった。

しかしちょっとした言葉の聞き違いから、あっさりオプスのいるところが判明する。

そこは過去にオプスと作り上げた、初心者おちょくり用のダンジョンであった。

今はその場所には、ダンジョン用に村が出来ていると知って驚く。

オウタロクエスに足を踏み入れたケーナを驚愕の声と共に迎えたのは、以前に辺境の村に調査に訪れていたクロフとクロフィアの兄妹だった。

何故だか彼らが同行することになり、クーも交えた四人はダンジョンに突入する。

スキルを持っていないと罠《わな》を避けるのも難しいため、クロフィアは面白いように罠の洗礼を受け続ける。

途中から低レベルでは対処できない魔物が出現し始め、クロフィアたちはケーナの強さを目のあたりにする。

途中でケーナが女王の伯母だと知ったクロフィアが態度を改める場面も。

罪悪感から自分から罠にかかりに行くことで罪滅ぼしをしようとし、ピンチに陥った。

なんとかクロフィアを助けることに成功したケーナは漸く最下層に到達し、中ボスを倒す試練で悪魔と対峙することになるのだった。

何気ない悪魔の一言で激昂《げっこう》したケーナは、【特殊技能《エクストラスキル》】の力を使い悪魔を滅ぼす。

そしてとうとう最下層にいるオプスと、久しぶりの対面を果たすのであった。

だがとても久しぶりの再会を喜ぶという構図ではなく、ブチ切れたケーナは最大威力の攻撃でもってオプスを両断せんと襲い掛かる。

クーもそれに加わった結果、最下層は瓦礫《がれき》の山となり果てるのであった。

プロローグ

「はぁ……」

各務桂菜《かがみけいな》はうつろな視線を窓の外に向けて、その日何度目かも分からない溜息《ためいき》を吐《つ》いた。

実際には何度目どころか数十回を超えているのだが、本人はそんなことを覚えている訳もない。

病室には彼女の命を繋《つな》ぐ機器の立てる音が静かに響き、消毒用アルコール成分を含んだ匂いが微《かす》かに漂っている。

彼女の表情は気だるげで、目は憂鬱そうで元気がない。

全身に脱力するような気配を纏《まと》っていた。

窓の開閉は天気次第ではあるが、毎朝一度目の検温に来た看護師が開けてくれる。

病院の敷地が緑に囲まれているため、外から漂ってくる淡い緑の匂いが精神をシャキッと一新してくれる。

当人にそれが届けばだが。

「はぁ……」

もはや〝趣味は溜息〟と履歴書に書き込めそうな程、彼女の口から出るのはそればかり。

近くに誰かがいればそれを指摘してやれるのだろう。

しかしこの病室にいるのは、彼女を除けば機器と一体化している専属のサポートＡＩくらいなものである。

彼女がここまで溜息を趣味にしてしまった原因は色々あるが、さしあたって最近の見舞客のせいかもしれない。

ベッドに寝たきりの少女の話し相手になってくれと、担当医が院内のあちこちで話を振りまいたのが始まりである。

正直、個人情報保護の観点からそれはどうなのかと問い詰めたいところだが、彼女がそんなことに気付くはずもなく。

ただ毎日入れ代わり立ち代わりでやって来る、暇な入院患者の相手をするばかりだ。

それは自由に動ける遠慮のない子供であったり、慈愛溢《じあいあふ》れるおせっかいな老人であったり。

桂菜がもっと自己主張できる性格であったなら、「子供はベッドに繋いでおいてください」とか「お年寄りは大人しくベッドで静養してください」とでも言えたのだろう。

だが両親が亡くなったショックが漸《ようや》く落ち着いてきて、自分の現状を知るのが精いっぱいの彼女の精神状態ではそれも無理なことだ。

子供は無邪気で自分の好きなことを話し、趣味が合わないと無理やりそこに引き込もうとしてくる。

お年寄りはとにかく話が長い。

話の合間にお菓子をくれたりするが、そもそも彼女は受け取ることができないので、ベッドの上に積み上げられたまま置いて行かれることも多い。
毎度毎度、流されるように話に付き合わされて、余計に消耗するということを繰り返している。

本当は桂菜とて気軽に受け答えができればいいな、とは思っているのだ。

ただ言葉を発するのが怖いだけで。

まともに動くこともできない自分に呆《あき》れられたらどうしようと、それが彼女の心に深い傷跡を残していた。

もっと何か、自分に自信の付くことでもあればこの状況が打破できるのに。

それがどうしようもない他力本願な願いだということに、精神状態が袋小路《ふくろこうじ》の彼女には気付く余裕さえなかったのである。

「やあ、お邪魔するよ。元気だったかい？」

「ひゃっ!?」

不随の身では飛び跳ねるなんてことはできないけれど、不意に掛けられた気安い言葉に心臓だけは確実に跳ねたと思われる。

胃の上でポンポン弾んだ。

「……お、叔父《おじ》さん」

「おや、驚かせてしまったようだね。ごめんごめん」

病室のドアが視界に入る位置にいながら、入室して来た人物に気が付かないほど気もそぞろだったとは。

みっともない姿を晒《さら》したようで、桂菜の顔が耳まで赤くなる。

その様子を見て悪戯《いたずら》が成功したような表情で朗らかに笑うのは、桂菜の父の弟である鏡《かがみ》啓《けい》介《すけ》だ。

この叔父は、こうやって人の不意を突いて驚かせて遊ぶことを趣味にしているようなところがある。

桂菜もそこだけは勘弁してほしいといつも思っていた。

いくら悪戯相手にされたとしてもこちらは怪我人《けがにん》だ。

驚きの反応を返せることにも限度がある。

何時《いつ》もなら実の娘の鏡亜子《あこ》を秘書として連れているのに、今日傍《そば》にいるのは全く別の女性であった。

そのことに桂菜も「おや?」と首を傾《かし》げて不思議に思う。

「亜子を連れて来れなくて悪いね。今日はプライベートのお見舞いじゃなくて、仕事に繋がる話なんだ」

「えっ、仕事？」

従姉妹《いとこ》の不在の理由が仕事と言われても、桂菜には訳が分からない。

どうやら連れてきた女性も、その仕事に関係する役職なのだろう。

分厚いＡ４封筒からこれまた分厚い書類を取り出し、啓介の後ろで出番を待っていた。

「今どき紙書類？」

「まあ、まだ発表までは行っていないからな。予算は通っているから、部署を動かすのに支障はない。数ヶ月中には起動できるだろう」

「起動？　発表？」

啓介の遠回しな言い方に、桂菜の脳裏には疑問符だけが増えていく。

「代表。こちらのお嬢さまには伝わっていないようですよ？　間接的な言葉だけというのは止めるがよろしいか、……よろしいでしょう」

見かねた女性にやんわりとダメ出しをされて、啓介は自分の頭を軽く叩《たた》いた。

「ああ、すまんすまん。今度ＶＲゲームの部署を立ち上げるんだ。桂菜にはそのベータ版の更にベータ版をプレイして、バグ出しをしてもらおうと思ってな」

「ベータ版のベータ版って……。まだ完成もしてないってこと？」

「失礼な。雛形《ひながた》は完成していますよ。ただまだプレイしてくれる人がいないというだけで」

「動かしてもいない、ということだろう？」

「じゃから、……ですから検査用の擬態データは走らせていると言っているじゃないですか」

「人間がやるものにＡＩを動かしていたって、感想などは言ってくれないだろうに」

「ええと、すみません。ちょっといいですか？」

その雛形のゲームについて口論になりかけている気配を悟って、桂菜は二人の間に強引に割り込んだ。

体が動かない分、空気を読むことに長《た》けてきたような気がする。

これも日がな一日、話しかけられるだけの日々に慣れてきた証拠だろう。

「何だ桂菜。早速質問か？」

「どちらかと言いますと質問だらけなんですが……。それよりも叔父さん。そちらはどなたですか？」

桂菜に言われて気付いたのか、啓介と謎の女性は顔を見合わせて「「あ」」と異口同音に呟《つぶや》いた。

漸く自己紹介その他をすっ飛ばしたことに思い至ったらしい。

「そうか、まずは紹介しなきゃならなかったな」

「そうですよ。お嬢さまを枷《かせ》から解き放つことができて嬉《うれ》しいのは分かりますが、自己紹介くらいはさせてくださいよ」

「キミだって説明したくてうずうずしていただろうに」

「代表が入室してすぐに話をお進めになっていたのでは？」

「あー、もう！　そこでぶり返さないでください！」

夫婦である叔母《おば》より仲のいい悪友みたいだと、桂菜は叔父と謎の女性の関係をそう考えた。かと言っていつまでもそのままで放っておくという訳にもいかないので、再び割り込む。仲が良いのは分かるのだが、説明そっちのけで楽しげに口論しないで欲しいと桂菜は思う。

「いやいや、度々すまないねえ。彼女だけど、今回の企画の総纏め役ということになっている……」

「なっている、じゃあなかろう、よ。企画と進行を担当しております、九頭原凛《くずはらりん》と申します。どうぞよろしくお願い致しますね」

「あ、はい。知っているとは思いますが、各務桂菜です。よろしくお願いします」

「はい、お名前は代表と秘書の方から常々伺っております。ここで会えたのも何かの縁ということで、末永くよろしくお願い致しますね」

「はい、こちらこそ……」

九頭原凛と名乗った女性と言葉を交わし、桂菜はえもいわれぬ郷愁《きょうしゅう》を抱いたのに気付く。胸が締め付けられるような痛みを感じたが、自身の腕は胸を押さえるためには動いてはくれない。

桂菜は子供の頃に遊びから帰る途中で見た、綺麗《きれい》な夕焼けに見惚《みと》れたような懐かしさを感じていた。

この郷愁は何なのだろうと目を伏せたところで、啓介に「どうした？」と心配そうな声を掛けられ、我に返る。

「あ、うん。何でもない」

「そうか。お前が欲しい物があったら何でも言ってくれていいんだぞ？」

「もう小さな子供でもあるまいし、大丈夫だってば」

「俺からすれば、お前も亜子も子供だ。遠慮するなよ」

啓介に頭を乱暴に撫《な》でられ、桂菜は「もー、ボサボサになっちゃうよー」と努めて明るく言って誤魔化す。

入院してからちょっとでも何か欲しい物を口にしようものなら、すぐに目の前に出てくるようになったからだ。

それが何故か分かってから、彼女は物を欲しがることを止めた。

おそらく病室を監視している何者か、それかキーにより桂菜の言動はチェックされているのだろう。

ただでさえ入院している今の状態が叔父や従姉妹に迷惑をかけているのだ。

これ以上の心配をかけまいと、桂菜は物分かりのいい子になることにしたのである。

「お話を進めても？」

「あ、はい。すみません」

叔父と姪《めい》のスキンシップを邪魔せずに眺めていた九頭原凜が、咳《せき》ばらいを一つして切りのいいところで割り込んできた。

気が付かないうちに反対の立場になっていた桂菜は、居住まいを正して九頭原凜の話に耳を傾ける。

「いいですか？　まず基本としてこれはＶＲゲームであり、必要とする物は専用の機器とキャストの脳だけとなります。つまりは……」

近い将来、自分がそのゲームにどっぷり浸《つ》かり、リアルサイドすらおっくうになることも知らずに桂菜は九頭原の説明に引き込まれていった。

第一章
対面と、力技と、古馴染みと、旅の支度

静寂が続く中、三つの人影が微動だにせず、一点を見つめたまま息を殺していた。

固唾《かたず》を飲んで瓦礫《がれき》が重なる陥没跡を見詰めるクロフとクロフィア兄妹と、少し離れたところで静かに佇《たたず》む黒髪エルフメイドのサイレンである。

場所は地下二八階。罠《わな》にかかりに行ったクロフィアが最初に落下したところである。

巨大な空間に鍾乳《しょうにゅう》石《せき》の垂れ下がる天井を持つ地底湖だった。だったというのは、深さがくるぶしくらいまであった水が、今はないからだ。

リザードマンが刻まれた『招かれる板《まものがポン》』も露出してしまっている。

魔物を生み出す条件は水の底にあるということなので、リスポーンする気配はない。

水がなくなった今の状態ではただのレリーフと変わりはないのである。

原因はつい先程、巨大な剣身が階下より突き出て、床の一部を無茶苦茶に切り裂いてしまったからだ。地底湖を形成していた水は、陥没したそちらへ流れ落ちてしまった。

おそらくその下にあった最下層を、巨大な剣身は思う存分に切り裂いて消えたと思われる。

出現していた時間は短かったが、被害は甚大だ。

恐ろしい切れ味の剣が消えてから暫《しばら》く経《た》つが、階下に行った者たちが戻る気配はない。

クロフたちは、単独で突入したケーナの安否が心配でたまらなかった。

もしやさっきの剣に害されたのか？　などという恐ろしい想像に身震いした時、漸《ようや》く時が動き始める。

陥没した場所を埋めていた瓦礫が、ぶるりと震えたように見えたのだ。

次の瞬間、何かに押し出された瓦礫が噴水のように吹き上げられ、軽々と空中を舞う。

瓦礫を押し出した何かというのは、小さな赤い矢印だった。それが大小の瓦礫を小さなボディで支えている。

しかしながらくるくると回転しつつ宙を舞う瓦礫は、今では精製不可能な技術によって作られた重量級の金属である。

その危険度に彼らが気付いたのは、落下したそれらがクロフたちを押し潰さんと直上に迫って来てからだ。

広範囲にバラ撒《ま》かれたため、逃げ道を探している暇はない。

絶体絶命を感じたクロフだったが、真っ先にクロフィアを自分の下に押し込んだ。

自分よりも妹の命が助かるならばと、心のままに咄嗟《とっさ》に体が動いたのである。

しかし、予想していた痛みや苦しみは何時《いつ》まで経っても襲い来る気配がなかった。

直前にカカカッ！　という音がして、重い物体が付近に落下したような音と叩《たた》きつけるような風圧を感じた。

恐る恐る目を開けて周囲を確認してみると、全ての瓦礫はクロフとクロフィアを避けるようにして地面に転がっている。

二人の体には掠《かす》り傷《きず》一つない。

「諦めるより先にすることがあるでしょう」

「え？」

ふわりと微笑《ほほえ》んで彼らの隣に立っていたのは、つい先程まで離れたところにいたサイレンである。

彼女は軽く手を払って埃《ほこり》を落とすような仕草をする。

彼らが怪我《けが》一つなく無事なのは、サイレンが瓦礫の一つ一つを手を添えて受け流すように周囲に散らしたからである。

クロフたちが押しつぶされる直前で割り込み、楽々とそれを成した技量は凄《すさ》まじいものと言えよう。

しかし当人は涼しい顔をしてその技量を誇示する気はなさそうだ。

九死に一生を得た二人は、腰が抜けたのかへなへなと座り込んでしまう。

そして赤い矢印がクロフたちの生死を分けたと知らない行使者は、パタパタと穴から飛び出した。

それは妖精のクーである。

彼女は穴を振り返るなり、後を追って飛び出した二人に向かって「ぷー」と言って頬《ほほ》を膨らませた。

勿論《もちろん》彼女に人を二人程冥府に送りかけたという自覚はない。

小さいくせに偉そうな態度だけは一人前である。

「ええい。サブと設定したというのに、すっかりケーナに似おってからに」

文句を言いながら姿を現したのは魔人族のオプス一人だけだ。

正確に言うと、オプスは荷物のようにケーナを肩に担いで穴から飛び出してきた。

担がれているケーナは目をぐるぐると回し、脱力してだらんとぶら下げられているような状態である。

ケーナの姿に気付いたクロフとクロフィアだったが、腰が抜けていたために駆け寄ることもできない。

それでも心配する気持ちが勝ったようで、這《は》ってでもそちらに向かおうとした。

「む？」

「「……ッ!?」」

二人の面妖な動きに気付いたオプスから訝《いぶか》し気《げ》な視線を向けられた途端、体が震えて動かなくなってしまう。

しかも何故《なぜ》か可哀想《かわいそう》な物を見る、哀しい目をされた。

「何じゃこの弱者は？」

「じゃっ……!?」

「なんっ、ですってっ!?」

弱い物扱いされ、激昂《げっこう》した勢いで金縛りのようなものは解けるが、今度は凄まじい圧を喰《く》らってその場に縫い留められる。

さっきからその魔人族に何をされているのかさっぱり分からず、二人は困惑していた。

しかも女王の伯母《おば》を荷物のような扱いをしている現状に、一言言いたくて堪《たま》らない。

「その方々はケーナ様の同行者だそうですよ」

「なに？」

クロフたちに敵意増し増しの視線を向けているオプスに対して、今まで静かに佇んでいたサイレンから補足が入る。

「こんな弱っちい奴らを引き連れて潜って来たのか？　足手まとい以外の何者でもないじゃろう」

「マスターの方々と比べられては誰もが似たようなものでしょう」

しかしオプスからの反応は、更なる嘲りと呆《あき》れかえった表情だった。

彼に悪気などはなく、ゲームで言うなら初心者レベルとも取れる二人を連れて来ていたケーナに対する感想のようなものだった。

その先は「何考えてんだ？」とか「縛りでもしてたのか？」という考えに行き着く。

表情から見下されたと感じた二人も、ケーナを攫《さら》われていると誤解してオプスから取り返そうと動く。動こうとした。

「ふ」と鼻で笑ったオプスも、初心者レベルの二人を迎撃しようと構える。

しかし三人ができたのはそこまでだ。

全く動こうとしない事態に耐え切れなくなった乱入者が介入したのはその時である。

ザアッと、叩きつける雨に似た効果音と共に、洞窟の上部を埋め尽くす勢いで赤い矢印が出現した。数えるのも馬鹿らしくなるくらいの数である。

勿論、執行者は妖精のクーである。

彼女は三人の中間点に浮きつつ、腰に手を当てて頬を膨らませていた。

「げっ」

「うっ」

「へっ⁉」

ケーナの凶行と一緒に容赦のない威力を味わっているオプスは足を止める。

階層の構造物を弾《はじ》き飛《と》ばした強さを知るクロフとクロフィアも、表情筋を引きつらせて同じく動きを止めた。

だいたい二人はクーに敵意を向けた覚えもないので、この仕打ちにはさっぱり心当たりがないのである。

物事を見たままに受け止めているサイレンだけは、赤い矢印の下にいながらも静かに佇んでいた。

「ケンカは、だめー！」

両腕をぶんぶんと振り回して抗議するクーの姿はコミカルで可愛《かわい》らしいが、上に浮かぶ無数の赤い矢印が可愛らしさを相殺して余りある。

「ルカが、言ってたもん」

「……ルカか」

オプスがボソッと呟《つぶや》き、クーを見て納得したように頷《うなず》く。

川祭りの最中にフェルスケイロで暗躍していたオプスは、ケーナが連れていた義娘を遠目ながら確認している。

そのためルカについては一応調べている。

確かに精神構造が似ているクーであれば、子供の言動に影響されることもあるだろう、と。

「ケンカしたら、りょうせいるいだよ！」

「は？　両生類⁉」

「……両成敗では？」

ルカがそれをそのまま口にしたのか、クーが聞き間違えたのかは分からない。

クーの発言は両者の首を傾《かし》げさせるものとなり、争いかけた双方共困惑して動きを止める。

つまりはその「ケンカ両生類罪」のための赤い矢印乱舞だと主張したいらしい。

「待て！　ケンカはしない。だからその赤い奴を引っ込めろ！」

冷や汗を垂らしながらオプスは片手を上げて、無条件降伏を宣言した。

若干焦りも混じっている。

幾ら図体《ずうたい》が小さかろうが、言動が幼かろうが、クーの存在がどういったものなのかを知るオプスには分かっていた。

オプスやサイレンが赤い矢印攻撃乱舞などを喰らっても、それほど深刻なダメージを与えられることがないと。

しかし目の前の二人は違う。

レベル二桁台のクロフとクロフィアが喰らえば、洒落《しゃれ》にならないダメージを受けるだろうと。

場合によっては命を失う恐れもある。

良くて肉塊、悪くて木《こ》っ端《ぱ》微塵《みじん》になるのは目に見えていた。

オプスもそこまで二人が憎かったわけでもない。

ただ「低レベルに分からせてやろう」程度の軽い悪ふざけのつもりだった。

ちょっと捻《ひね》るくらいで済ませるつもりの軽い挑発だったのである。

オプスの実力で二人に手を下せば、あとでケーナに何を言われるか分かったものではないから挑発に留めていたが、クーの手が下されるとなれば話は別だ。

「むーん」

ぶーたれたままのクーの視線が降伏したオプスから離れて、クロフたちの方へ向く。

半眼になった目の圧力を受け暫し戸惑う二人。

クーの背後には片手だけのジェスチャーで「降伏しろ」と伝えるオプスがいた。

上空を占める矢印を見て、クーを見て、その背後のオプスを見たクロフとクロフィアは顔を見合わせて頷き合う。

「降伏します（する）」

そして二人揃《そろ》ってゆるゆると手を上げ、クーに対して降伏を申し入れるのだった。

まあ、恐ろしかったのはその直後だ。

「わかったー！」

と、その瞬間に強硬な姿勢を崩し、クーは花が咲くような満面の笑みを浮かべた。

だが周囲にはゲリラ豪雨並みの音を立てて、全ての赤い矢印が落下した。てっきり消えてしまうと思っていたのに、轟音《ごうおん》と共に床に刺さる凶刃に肝が冷える。

天真爛漫《てんしんらんまん》な狂人という言葉がよく似合う。

三名はクーと床の矢印を恐怖の眼差《まなざ》しで見比べるのであった。

「くっ、この力ずくというところだけはケーナとよく似おって……」

冷や汗を拭いながらオプスがそう呟いた。


さて喧嘩腰《けんかごし》でない話し合いをという前に、サイレンが「いいでしょうか？」と手を上げながらオプスとクロフたちの間に入る。

「何じゃ、サイレン。言いたいことの一番手はお主か？」

「いえ、そうではなく」

「調停役ということですか？」

「いえ、どちらでもない提案です。とりあえず、外へ出ませんか？」

サイレンは天井を指差しながら根本的なことを述べた。

その言葉にオプスは天井を見上げ、クロフたちは視線を彷徨《さまよ》わせて苦笑する。

ここまでずーっといがみ合っていたのが、ダンジョンの中だということに遅ればせながら気が付いたのだ。

攻略を競っている訳でもなく、獲物の取り合いをするでもない。

片方はダンジョンの主《ぬし》で、ただ単に下から這い出て来ただけ。片方はケーナが攫われると思って取り返そうとしただけ。

最初から双方とも言葉を尽くそうとしないで、敵意剝《む》き出《だ》しからの完全な誤認である。

オプスが相手を舐《な》めて煽《あお》ったというのも理由に含まれるが、きちんと挨拶を交わしていれば衝突を防げたのかもしれない。

クロフにとっても予想だにしない、最悪な出会いとなった。

力技での介入がなければ殺し合いに発展していた可能性もある。相手がケーナの悪友となれば、二対一でもクロフたちの敗北は免れなかったろう。

「根暗が潜んでいそうな、辛気臭い穴倉はもう懲《こ》り懲《ご》りですね」

「待つがよいサイレン。今、お主とんでもない暴言を吐かなかったかの？」

「今のを暴言と感じるならば、自覚があるようで何よりです」

「ぐぎぎ。主《あるじ》を主とも思わぬ対応ばっかり上手《うま》くなりおってからに……」

相手がメイドと情けないコントを繰り広げる者だとしても、クロフの判断は間違っていない、と思いたい。

「どうやって出ましょう、お兄様」

「そう言えばそうだったな……」

　地上に戻るとなれば、と考えたところでクロフィアは今まで歩んできた行程を振り返り、苦々しい表情を浮かべた。

　この階までトラップに自ら嵌《は》まり、落ちてきたことに思い当たったからだ。

　クロフにしてみてもこの巨大地底湖へは、階層の底を無理やり抜いて落ちてきただけである。戻ろうと言われても正規のルートが何処《どこ》なのか全く分からない。

「なんじゃお主ら、帰還の魔法は習得しておらんのか？」

「き、帰還の？」

　オプスの問いかけにクロフも愕然《がくぜん》とする。

　習得している訳がない。二〇〇年前のプレイヤーと今の住民の間にはスペックの差がありすぎるからだ。

　そもそも住民の使う魔法と、プレイヤーの使用する魔法は完全に別物なのだ。そこにはダンジョンの奥底から一瞬で戻れるような術などはあるはずもない。

「全く世話の焼ける……。お主ら、近くに寄れ。外に出るぞ」

「……は？」

「はいはい。オプス様の近くに寄ってください。怖いのであれば手を握って差し上げましょうか？」

「え？　ちょっと待ってよ。何なのよ、アンタ？」

有無を言わさぬ強い力で華奢《きゃしゃ》なメイドに引き寄せられ、クロフィアは戸惑うしかない。

超常の力を振るうケーナと同類であれば、そのようなこともできるのだなと感じたクロフは素直にオプスの言葉に従った。

オプスはぴったりとはいかないまでも、付かず離れずの距離を保つクロフの行動に頷く。

サイレンはオプスの半歩後方横に立つ。彼女に引っ張られる形でオプスの背後にクロフィアが嫌々ながらも従った。

先程の凶行から静かだったクーは、オプスに担がれたままのケーナの髪の毛に絡まって遊んでいた。実に自由すぎる種族である。

「行くぞ」

【魔法技能《マジックスキル》：load：帰還《リターン》】

オプスの足元を中心にして、全員が収まる形で一二面体の立体魔法陣が周囲を囲む。

一二面全てが違う魔法陣で構成され、その緻密さは芸術品のようだ。

しかし、これらは全部エフェクトのようなもので、本来の術式は行使者の足元に広がるただ一つである。

目を白黒させて驚くクロフたちを置いてけぼりにして、魔法は実行された。

天井に鍾乳石が広がる巨大な空間から五人の姿は消え失せ、全く別の場所に全員が出現する。

そこは板張りの床がある、それほど広くないガランとした一室であった。

家具も椅子もなく、壁にあるのは大きく陽の光が差し込む窓と扉が一つずつ。

いきなり足元が消失したと思ったら、投げ出された先は床から数センチメートル上である。

誰だってたたらを踏んでバランスを崩す。

恐る恐る窓に近付いたクロフが外に視線を向ければ、そこはダンジョン村の出入り口を広く見渡せる場所であった。

しかし、この村を知っているクロフからすれば、こんな場所に家屋があった記憶はない。村に入って来た時もこの場所に家屋などはなかった筈《はず》だ。

一体どういうことかと考え込んでいると、その答えは家主からもたらされた。

「この家は隠しておる。誰も知らぬよ」

驚いて振り返ったクロフは、いつの間にか室内に出現していたベッドや椅子やテーブルが目に入ってもう一度驚いた。

「いつの間に……？」

「この人たちが今、何処からともなく取り出しましたわ、お兄様」

取り出したのは、それがメイドの嗜《たしな》みだとでもいうように得意げな顔のサイレンである。

オプスは壊れ物でも扱うような手つきでケーナをベッドに横たえていた。

その横顔は優しさに満ちていたので、クロフは少しだけ安心する。

「少しの間だけ見ておくのじゃぞ」

「うけたまわった！」

オプスの頼みに、空中で器用にふんぞり返ったクーが嬉《うれ》しそうに答える。

言葉を間違えているが、もうそこに突っ込もうという者はいなかった。

頭の片隅で、こいつの教育はケーナの仕事じゃろうと思いながら、オプスは小さく溜息《ためいき》を吐《つ》く。この状態ではもう諦めた方が賢明かもしれない。

結構大きな声で会話が飛び交っているのに、ケーナは反応することもないようだ。目は閉じられたままだが、胸は規則正しく上下しているので生きてはいるらしい。

「いったいケーナ様は何をどうしてこうなったのですか？」

「は？　様付け、じゃと？」

自分のアイテムボックスから取り出した毛布をケーナに掛けていたオプスは、クロフの発言に呆れた顔を見せる。

「お主、こやつとどんな関係じゃ？」

「関係も何も、ケーナ様はオウタロクエス国の女王様の伯母上なのよ」

「は？　伯母？」

反応を見ながら情報を小出しにしようとしたクロフの小さな企《たくら》みは、妹の馬鹿正直な応対にて水泡に帰した。

うかつな妹の失態には少々嘆きたくなる。後で説教が必要だ。

「相変わらず人間関係の妙なところに嵌まりおって……。もはや習性じゃな」

呆れた表情でおそらくケーナの今の状況について、オプスは納得したように感想を述べた。

お茶の用意をしていたサイレンは、未《いま》だに突っ立ったままの二人へ椅子を勧める。

「どうぞ。一旦落ち着いてお茶にしてはいかがでしょう」

「え、ああ」

「……ええ」

クロフたちはサイレンの落ち着いた雰囲気に呑《の》まれた形で椅子に座る。

勧められるままにティーカップに手を伸ばし、お茶を口に含んで一息つく。

「まあ、先にケーナの状態じゃったな。こやつはただの自業自得じゃ。魔力の限界まで魔法を行使したのと、代償の必要な魔法を使った後遺症じゃろう」

「代償……？　それは命にかかわる？」

「そんなものはないのう。精々一日中脱力が続くくらいじゃ。とはいえしばらくはああして寝かせておくしかあるまい」

オプスはぶっきらぼうに、心配そうな顔をしたクロフたちを安心させてやる。

ケーナの使った【古代神の遺産《エンシエントブレード》】はどんなものでも切り裂く剣を作り出す魔法だが、使用している間は常にMP《マジックポイント》を消費していく。

その前の闘技場でドレクドゥヴァイと戦った時に多大なMPを消費していたので、オプスが叩き斬られるよりケーナが昏倒《こんとう》する方が早かった。

ドレクドゥヴァイ戦で使った【全ステータス極上昇《メガブースト》】は一時的に能力値を数倍に引き上げるが、効果が切れると二四時間は能力値が半分以下になって弱体化する。

そんな理由が重なって、彼女はステータス異常状態に陥っていて、疲労と弱体が付加されているのであった。

「我らにとっては珍しくもない状態じゃ、心配するだけ無駄じゃぞ」

住民に気を遣って説明してやるオプスというのも珍しい光景だ。

ゲームでは弱体は珍しくもなかったが、それは数値上のものであればだ。こうやって実際に心身に負荷がかかるのは、体験してみるまでは分からない。

他人に構うのもオプスの本意ではないが、その場の空気を読むくらいはしてやるつもりである。一番の理由は隣に控えるサイレンのせいだ。

この従者は、主《あるじ》を主とも思わない。

他人に対して余計な口撃や心労をかけようものなら、教育的指導と称して体罰を行うのである。

性格設定でそういったものはしていないが、裏から手を回して強化したのが悪かったのだろうか。

溜息を吐くオプスはともかく、それを聞かされたクロフは胸を撫《な》で下《お》ろした。

各所で伝え聞いたことを報告する時に、それがケーナに関わることとなると女王からの圧が凄いこともあり、書面や口頭での段取りも注意が必要だからだ。

宰相からは、可能であれば女王との対面もと、希望されているらしい。しかしケーナを王城まで連れていくというのもまた骨が折れる作業である。

当人が権力者に極力近付かないというスタンスを貫いているからだ。

調べれば分かるが、ケーナの関係者たちはフェルスケイロで重要な地位についている人物ばかりである。

中には大陸を股《また》に掛《か》ける豪商も交じっているのに、高い地位を何故あれほど頑《かたく》なに拒むのか、クロフからすれば理解に苦しむ。

ここに来てオプスという壁も出現した。

クロフには分かる。彼はケーナに近付く上で強固な壁みたいな存在であることが。

段々クロフの任務に更なる重圧が圧し掛かる気がしてならなかった。

「あー！」

ケーナの寝ている上で、８の字を描いて飛んでいたクーが嬉しそうな声を上げたことで、室内の視線がそちらに集中する。

ベッドから体を起こそうとして荒い息を吐くケーナが目に入った。

即座に傍《そば》に移動したサイレンが、額を押さえ苦しそうな表情のケーナを介抱する。

ケーナはサイレンの手を借りてベッドから上半身を起こすと、焦点の定まらない瞳で室内を見渡した。その瞳が気怠《けだる》い表情のオプスを捉えた。

「……おぷす？」

「おう」

「……斬ってない……？」

「斬られておらんわ！　その前にお主が倒れたんじゃろうが」

恐ろしいことを朧《おぼろ》げな目で言われて、オプスが嫌そうに反論する。

「ケーナ様、まずは水でもお飲みください」

サイレンはそんなケーナの口元に水差しを持っていった。

こく、こく、と少しずつ水を口にする弱った姿は、年相応の女性のようにも見える。

とはいえ、ここにいる人物でケーナの本当の歳を知るのはオプスのみだ。

素早く席を立ったクロフとクロフィアがケーナの傍に寄り、ベッドの近くで跪《ひざまず》く。

「……どうした、の？」

「今回のこと、誠に申し訳なく……」

首を傾げるケーナに、クロフは精一杯の謝罪を告げる。

強引に押し切ったような形でケーナに同行したが、結果的にその行動が負担をかけていたということに。

勿論気が付いたのはダンジョンを攻略している途中であったが、付いてきた手前「引き返す」などとは言い出せなかった事情もある。

ケーナの優しさに付け込んだ強引な態度には、クロフ自身恥ずべきものがあったと猛省するばかりだ。

兄とは違うが、クロフィアもケーナが女王の伯母と知るまで不敬な言動を多くぶつけてしまったことを謝罪した。

「……あの場で謝ってもらったし、大して気にしてないから、そんなに謝らんでも……」

弱体状態が体を蝕《むしば》んでいることもあって、ケーナは話すのもやや辛い。

眉《まゆ》を寄せて区切りながら言葉を紡ぐ様子を見て、オプスが話の主導権を握ろうとする。

ケーナはそんなオプスを片手で制して、クロフとクロフィアに微笑んだ。

「二人がいなかったら、独り言をブツブツと、呟いていたかもしれないから。そこは感謝、かな？」

「我々が役に立ったのは会話だけですか……」

「ごめんなさい……」

「そう悲観しないで。……うん。二人がいてくれたお陰で、楽しかったから」

もし一人でダンジョンに踏み入っていれば、クーが騒いで大変だったと思われる。誰かがいたおかげで彼女が静かにしていたと思えば、悪いことばかりでもなかった。

そんな理由の当てつけにされたクーには悪いけれど。

一応、会話相手としてキーとクーがいたが。

片や、話しかけないといつまでも黙っているキー。片や、話しかけても建設的な会話は望めないクーである。

淡々と愚痴を呟きつつ進むしかなかっただろう。

クロフとクロフィアがいたからこそ、という安心感もあっただけに二人には感謝してもしたりない。

二人はケーナのそんな感謝の言葉を気恥ずかしそうに受け取っていた。

「それでケーナ様。今回のこと、そちらのオプス殿のことを含めて報告してもよろしいでしょうか？」

「サハラシェードにだよね？」

頷くクロフにどうしようかと思案したケーナは、オプスに恨みがましい目を向けた。

そんな視線を埃《ほこり》でも払うようにぞんざいに扱ったオプスは、どうでもいいというように手を振って口を開いた。

「我のことなど気にせんでいい。報告したければどうとでもするといい」

「……大丈夫なの？」

「オウタロクエスの女王にじゃろ。我が里子程度を相手にどうにかなると思っておるのか。偶《たま》には我を信用せい」

どうやら女王が誰かの里子という調べは済んでいたようだ。

何処からその情報を仕入れたのかという疑問は残る。本人に聞いてもきっと答えてはくれないだろう。

「……信用できたら、とっくにそうしてる。……そういう訳らしいから。好きに報告しちゃって」

「はあ、分かりました」

こういった強い力を持つ者は権力者に存在を知られることを嫌がるのでは？　というクロフの想像を、オプスはあっさりと撥《は》ね退《の》けた。

それについては本当に知らせていいものかとクロフに懸念《けねん》を抱かせるが、ここに長居するべきではないとクロフは理解もしているため、一旦保留にしておくことにした。

「そうじゃ、ケーナを含め迷惑を掛けた。お詫《わ》びにこれでも持っていくがよい」

ドアを開け、外に一歩踏み出したクロフたちを呼び止めたオプスが放り投げてきたのは、掌《てのひら》に収まるくらいの小袋であった。

重さから硬貨数枚と判断したクロフは頷くだけの礼を返し、隠れ家を出ていく。

彼らをケーナは眠そうな目で、オプスは感情を感じさせない目で、それぞれ見送ったのだった。

自宅に戻ってから小袋のことを思い出したクロフは、中身を見ようとテーブルの上にひっくり返した。

実はその小袋は内部の容積を何百倍にも拡大させた魔道具で、アイテムボックスの劣化版であった。

結果的に、テーブルの上どころか床が見えなくなるくらいまでに転がり落ちた銀貨は二万枚を超えていたという。

銀の輝きに満たされた室内を見たクロフとクロフィアは、卒倒しかけたらしい。

フッと力の抜けかけたケーナの体を、サイレンが支えながらベッドに横たえる。

「ケーナ様。御身には休息が必要かと存じます。まずはお休みください」

サイレンの言うことも分かっているのだが、ケーナは落ちようとする意識に抗いオプスに霞《かす》む目を向けた。

「……オプス。聞きたい、ことが、あったんだけど……」

「お主、今日は寝ておくがいい。質問はまた明日にでも受け付けようぞ」

オプスの手がケーナの額を覆った瞬間、彼女の体から力が抜けた。

ケーナの意識を多少強引な手段でもって落としたのだ。

寝苦しくないようにと、装備を外すなどしてサイレンがかいがいしくケーナの世話を焼く。

ふとオプスの目と合った彼女の瞳が剣呑《けんのん》な光を帯びる。

「ご主人様。いつまで凝視しているおつもりですか？」

「我を気にせずそいつの世話を焼いてやるがよい」

手をひらひら振って、気にするなというジェスチャーを飛ばしたオプスの頬を、銀色の剣閃《けんせん》が掠めて行った。

オプスの背後ですこんという軽い音が鳴る。

嫌な予感がして振り返ったオプスの目は、彼の脇の壁に刀身の半ばまで突き刺さる投げナイフを捉えていた。

「女性の着替えに同席していい筈がありませんよ」

「……お、おう。ま、任せよう」

サイレンの目が笑っていない笑みを受けて、オプスはすごすごと隠れ家を後にするのだった。

他の者から見れば何もない空間から出現したようなオプスについて、村内の者たちは誰一人気にするような様子を見せない。

彼もその程度で自分を認識させるような緩い結界など敷いていないため、村人の目などまったく気にしていなかった。

この隠れ家はダンジョンの中から外へ出る一方通行の出口である。

また中へ戻るにはダンジョンを通らねばならないのが欠点だが、オプスもサイレンも罠を素通りする認識票《パス》をもっているため、少し長い帰り道だと思えば問題はなかった。

だが、オプスのお使いで頻繁に出入りを繰り返すメイド姿のサイレンは有名で、不思議に思って跡をつけた冒険者のパーティが中で遭難することも珍しくなかったのである。

「さて、ついでに用を済ませてしまうか……」

邪険に外に追い出されたというのに、気にした様子もないオプスは村の一角に足を向ける。

そこには村でただ一軒の道具屋があった。

普段は豪快できっぷのいいオヤジさんがカウンターに立ち、声の大きさとは裏腹に細やかな気遣いをみせる店として冒険者たちに重宝されていた。

今そのオヤジさんはというといつもの豪快さは鳴りを潜め、カウンターに置いてあった板で顔を隠し、不審者丸出しの怪しい行動になっている。

店の前を通り過ぎた冒険者などは、今見た姿に首を傾げて頭上にクエスチョンマークを大量に浮かべていった。

道行く人に誰彼なしに声をかけていた存在が静かになっていれば、何事かと思うだろう。

板で顔を隠しつつもチラチラとある一方向を覗《のぞ》き見《み》するオヤジさんの視線の先には、悠々と通りを歩くオプスの姿があった。

竜人族《ドラゴイド》を除けば頭一つ飛び出た長身だというのに、誰の注目も浴びていない。

時折、冒険者たちや村人が足早に彼の傍を通り、一旦立ち止まって不思議そうな表情を浮かべるも、次の瞬間には立ち止まったことを忘れたかのように先を急ぐ。

これは彼特有の能力により、人の意識を〝外して〟いるためだ。

特定の人物以外にはこの能力でもってその場にいないように見せかけている。

そしてその特定の人物というのは、自身と同じようにこの世界にやって来たプレイヤーと呼ばれる者たちを指す。

飄々《ひょうひょう》とした身のこなしで道具屋のカウンターの前に立ち、板で顔を隠したつもりのオヤジさんに目を向ける。

さすがに限界を感じていたのか、オヤジさんは冷や汗をだらだらと流しつつ、板を外して魔人族の客に相対した。

ただその視線だけはあちこちを彷徨い、頑なに目を合わせるのを避けている。

「い、いらっしゃい、ませ……」

普段の大声であれば道を挟んだ反対側の商店にも聞こえるのだが、今回ばかりは相対した客にも聞こえるかどうか怪しい擦れ声だった。

「客商売とは思えぬ態度じゃな。ええ、店主よ？」

「ええ、まあ……。人間誰しも、調子の悪い時も、偶にはありまさあ……」

「つい先程まで、店主の大声が村の入り口まで届いておったと記憶しておるが。随分と間の悪い病もあったものじゃなあ」

「体が資本ですから……。気を付けるようにはしているんですけどね……。こればっかりはタイミングが……」

「ふむ。まあ、そういうことにしておいてやろう」

　何処までも尊大な態度に腹も立つが、見逃してくれそうなのをここでふいにするわけにはいかない。

　オヤジさんは脂汗を絞りながら決意を新たにした。

「それで、ご用は？」

「ふむ、これを売りたい」

　オプスが不敵な笑みを浮かべたままカウンターに置いたのは、何の変哲もない石だった。

　その辺に転がっている石と比べても何ら変わりがない。ただもしかしたら鉱石の欠片《かけら》に間違える者もいそうな感じの石ころであった。

「ぶっ⁉」

　ただこの石ころを石ころと認識しない者もいる。

　しまったと思ったがもう遅い。

反応したが最後、オヤジさんの被っていた化けの皮がメリメリと音を立てて剝《は》がれ落《お》ちる。

そんなものを被らなくてもオプスには丸分かりだったのだが。

「ぐっ、しまった⁉」

「相変わらずツメが甘いのう、イェーガー」

「くそっ！　やっぱりハイマーか貴様！　いつから気付いていた⁉」

「いや、割と随分前からか。知らんぷりしても【サーチ】をかければ一般人とプレイヤーの区別は付くしの」

「ぐわあああああっ！　忘れてたーっ⁉」

大仰な動作で頭を抱えてのけぞるイェーガーと呼ばれたオヤジさん。

いつもの調子に戻った声はともかく、そんな行動をとるオヤジさんに周囲にいた人々は驚いた目を向ける。

「あまり耳目を集めるのは好かんのう」

「我《わ》が儘《まま》な奴め。ちっ、ちょっとその辺で待ってろ！」

イェーガーはオプスに太い指をビシッと突き付けて追い出す。自分は店の奥に引っ込みながら「おい、母ちゃん」と声を張り上げていた。

数分後、二人の姿は道具屋の裏手の路地にあった。

「まさかまさかと思っていたが、こんな地の果てで貴様と顔を合わせることになるとはな。人生何があるか分からんものだぜ」

「我としては、お主がこの地で妻帯者になっておるのが驚きじゃが」

「色々あったんだよ。察しろ」

「まあ、興味は尽きぬがこの場で弄《いじ》るのは止めておいてやろう」

「一生止めろっ⁉」

片方は長身の魔人族。全身をコートで覆っているため、こんな裏路地にいるのに全く違和感がない。

暗殺者の会合といっても誰も疑わなそうだ。

片方は人族とはいえ引き締まった図体の筋肉質の大男。

薄暗い中で路地裏に出現したゴリラ、と誤認する人もいるかもしれない。

「威風堂々で鳴らした銀時計《ぎんどけい》のギルドマスターとはいえ、カカアには頭が上がらぬようじゃな」

「弄ってるじゃねーか！　今詮索しねえって言ったばかりだよな？」

今し方店の中から聞こえて来たイェーガーの奥さんとの微笑ましいやり取りを聞けば、誰で

も弄ってみたくなるに違いない。

『すまん、母ちゃん。古い馴染《なじ》みが来たんで、ちと店番頼むわ』

『なんだって？　今日の店番はアンタの罰だろう。使い古された手段で抜けようとは図々しいにも程があるよ』

『いや、本当に古い馴染みが来たんだって……』

『そうやって毎度毎度、酒場に飲みに行く口実を作っているのは分かっているんだよ！』

『今回ばかりは信じてくれよ。本当なんだってば、頼むよお前。な、この通り！』

壁をドンと叩く音とともに静まり返る室内。三〇秒ほど続く静寂。

『ま、まあ、今回ばかりは信じようじゃないか……』

『ありがとな、母ちゃん。愛してるぜ』

という経緯があって今に至る。

双方とも声の大きさを気にしていないのだろうか？

近隣住民は夫婦の揉《も》め事《ごと》の度にアレを聞いているのかと考えると笑ってしまう。

前言撤回をして、オプスが昏《くら》い笑みを浮かべてしまうのも仕方がないことであった。

イェーガーは過去、赤の国に所属していたギルド〝銀時計〟を率いていたギルドマスターである。

豪快に大剣を使う姿は見栄えが良く、ゲームのプロモーション映像に度々使用されていたのでそれなりに有名人だ。

ファンサービスも積極的に行っていたためか、ファンクラブも存在していたほどだ。女性よりは男性のファンが多く、兄貴と呼ばれ慕われていたそうな。

銀時計はゲーム内で大御所とも言える三大ギルドの内の一つで、所属メンバーは二〇〇〇人とも三〇〇〇人とも言われていた。

集団戦闘が必要なミッションクエストや、ストーリークエスト攻略組の筆頭に位置していたギルドで、大規模イベントや戦争では常に最前線で活躍していた。

メンバーの中にも限界突破者が二〜三人は交じっていた筈である。

イェーガー自身のレベルは八〇〇台。

オプスが確認したところでは、ケーナを除くと残存しているプレイヤーの中でも、トップクラスのベテランとも言えるプレイヤーだろう。

オプスとは戦争イベントで何度も対戦したことがあり、勝敗はイベントのみのことと割り切って二人は仲が良かった。

まだレベルの低い時などは、真っ向からの一騎打ちで何度も辛酸を舐めたこともある相手だ。

互いに認め合うライバルのような関係であった。

それでいて気が合い、戦争イベントが絡まなければ二人仲良くパーティーを組んで攻略したクエストもそれなりにあるくらいだ。

「おめー、いつからここにいやがった？」

「ゲームでなくなった世界《ここ》にかの？　割と最初からか」

「かーっ、これだから長命種はよぉ。おめーのレベルなら他のプレイヤーを纏《まと》めることもできただろーに」

「そうかもしれぬが、これでも真っ当なプレイヤー共には嫌われているのを知っておったのでな。我が何を言っても耳を貸さぬ者は多かろう」

「……そう言われればそうか。おめーの卑怯《ひきょう》な罠にかかって死んでいったプレイヤーは一〇万も二〇万もいたからなあ。極悪非道な策士に従う奴もいねえってか」

「ここ、笑うところであるからな。更に抉《えぐ》るところではあるまいぞ？」

皮肉の応酬ではあったが、この二人の楽しそうな表情を見れば、付き合いの長い悪友といった方が正しいのかもしれない。

一旦話が途切れると、表情を険しいものへと変えたイェーガーは、手の中の石へと目を向ける。

「……で、何でこんなものを売りつけようとしやがった？」

「将来への布石にの」

「必要になるってのかよ、これが……」

何の変哲もない石ころに見えるが、突発的に開催されることの多い運営の主催するイベントには必須のアイテムである。

幾らリアデイルというゲーム世界でも、ピンポイントで発生する突然のイベントにその場で集結できるプレイヤーはそう多くない。

そのために何の変哲もないこの石が配られた。

ある時はガチャのハズレ品だったり、ダンジョンの宝箱から出たり。

盗賊が溜め込んだお宝の中に紛れていたり、街中で無作為に配られていたりとプレイヤーが手にする機会は多い。

石ころコレクションランキングなる物があったりするほど、溜め込むプレイヤーもいた。

その実態は、どんなに離れた場所でもイベント場所に飛んでいける転移アイテムである。

使い方は簡単。イベントが発生した瞬間に石ころを握り潰せばいいだけだ。

これにより、どんなにマップの端っこで開催されたイベントまたはクエストだったとしても、参加する意思があれば現場へ飛んでいけるのである。

欠点は運営の主催するイベントにしか使えないのと、人数制限があった場合は早い者勝ちということくらいか。

あとはプレイヤーから、もっとまともな形にしてくれという声が上がっていたくらいだ。

そんな石ころについても、度々掲示板のスレが賑《にぎ》わった。

石ころから形状を変えない運営の頑固な態度に、いらいらしたプレイヤーも多い筈である。

そんなアイテムを渡されようとすれば、その先に何があるかだいたい気付く。

イェーガーも伊達《だて》や酔狂《すいきょう》で巨大ギルドを率いていた訳ではない。

ハイマーことオプスが、ゲームで何を担っていたかを知る数少ないプレイヤーであればこそだ。

「これが必要になるイベントが起きるってえのか？」

「この世界に存在しておるプレイヤーもそう多くはないが、いれば助かると思っておれ」

「そう言うからには、まだ確証がねえって訳ではないんだな？」

「ダムが決壊するまではまだ時間があるじゃろう、というだけじゃ」

イェーガーは諦めた様子でガリガリと頭をかいて、大きな溜息を零《こぼ》した。

「分かった。その時は力になるぜ。こんなロートルでもいいのならな」

「その時はよろしく頼む」

二人はすれ違いざまにパンッと手を打ち鳴らし、それぞれ違う裏路地の出口へ向かう。

オプスがチラリと振り向いて、何かを企むような笑みを残していくのもイェーガーにとっては懐かしい記憶だ。

「全く、長命種の奴らに付き合うのにロートルで何処まで役に立つのやら。懐かしついでにあいつらにも連絡を回してみるか……」

世界が変わってから今に至るまでに再会した友たちの顔を思い浮かべる。

人族としては少し老け込んでしまったかもしれないが、かつての友に必要とされるのもそう悪い気はしないと口元をほころばせた。

道具屋の裏口に手を伸ばしたイェーガーはそう呟くと、まだ今は自分の日常に戻るために扉を開けるのだった。


隠れ家に戻ったオプスを迎えたのは眠ったままのケーナと、鼻息荒くガッツポーズをしたサイレンであった。

得意顔をしているところにそこはかとなく嫌な予感がしたオプスは、額を押さえて溜息を吐く。

こうなってしまったサイレンを止められた覚えはないからだ。

勿論、造物主だという優位性を前面に出せば、作成物であるメイドに命令を下すことなど朝飯前だ。

それを強引に行わず、サイレンを自由にさせているのはその方が面白いからである。

「何じゃ？」

「ケーナ様にお聞きしまして。馬車があるそうですから、旅支度を整えて参ります」

馬車と聞いて嫌な記憶が思い浮かぶ。

無論、過去にゲームだった頃にやらかしたケーナの所業を見たことがあるからだ。

それはそれとして、サイレンには確認しておかねばならないことがある。

「強引に起こしたんではあるまいの？」

「まさか！　先程少々目を覚ましたケーナ様と会話しまして、そこで聞いたことです」

サイレンはオプスの鋭い視線に怯むことなく答えた。

このメイドは主人のことをちっとも恐れようとしないので、凄むだけ無駄なのだ。

その嬉しそうな声に頭痛を覚えたオプスは、額を押さえて溜息を吐く。

「前にも言ったが、我と其奴《そやつ》がおれば大陸の端から端まで半日もかかるまい。旅支度など全くもって無駄なことよ」

「そんなことだからご主人様は言葉が足りないと申しているのです！」

「お、おう？」

ずずいっ、と懐《ふところ》に入り込んだサイレンが、人差し指をオプスの鼻先に突き付ける。

その行動に言い知れぬ迫力を感じて、オプスは言葉をもつれさせた。

「今までずっと離れていたのですから、ご主人様はケーナ様ともっともっと話し合うべきです。お二人の間には、近くて遠い壁が絶対あります。今回のことはお二人にとってはいい機会だと思いますので、馬車の中でよ〜〜〜〜く話し合ってください！」

ぴしゃりと言われてしまい、オプスはポカンと呆けた顔でサイレンをまじまじと見詰めた。

まさかこんなところでお説教じみたことを言われるとは思わなかったのである。

それにオプスにとって、誰かに断言されるなんて随分久しぶりのことだ。

口元が自然に歪《ゆが》み、本人の自覚なしに声を震わせて笑っていた。

「え？　あら？　私が何かおかしいこと言いましたか？」

驚くでもなく戸惑うでもなく、主人が喜んでいることをにっこりと笑って受け流したサイレンに声を上げて笑う。

オプスとしてもこんなに笑ったことはない。

「クククククッ、良かろう。存分に旅の支度でも何でも整えてくるがよい」

「はいっ！」

元気な返事と共に胸に手を当てて一礼したサイレンは、意気揚々と隠れ家を出て行った。

この隠れ家経由で何度も買い出しに行っているサイレンならば、メイド服姿でも怪しまれることはないだろう。

どうやら村の者には「お忍びで冒険者のフリをしている貴族のお付き」だと思われているようだ。

スリを難なく投げ飛ばしたこともあるので、この街でサイレンを普通のメイドだと思っている者は少ない。

だが、実際にはベテラン冒険者を遙《はる》かに超える強さを持つだなんて、誰も信じないだろう。

ケーナが眠っている上では所在なさげにクーがうろうろとしていた。

「お主でも不安になることはあるのだな……」

「……おきるもん」

キッとオプスを睨《にら》むと弱々しい声で呟いたクーはケーナの胸元へ潜り込んで行った。

視線は感じるので、そこから延々と睨んでいるのだということは分かる。

オプスはそれを鼻で笑うと、椅子に腰掛け目を閉じた。

今日という日はまだまだ終わりそうもない。

「はてさて、説明するのが少し楽しみじゃのう」

サイレンを待ちながらもケーナが目覚めるのを待つ。それをどう楽しむか、などと考えながらオプスは思惑の海へ意識を飛ばすのだった。

第二章
旅と、発端と、工作と、現状

「ん～っ」

体全体を使って気持ち良さそうに背伸びをしたケーナは、晴れ晴れした笑顔で頷《うなず》いた。

「よーし、復活！」

「ほぼ自業自得だったじゃろ」

「うっ⁉」

ぱあああっと、日溜《ひだ》まりのような笑顔で全快を宣言したケーナだったが、容赦ない突っ込みが横から浴びせられたことで笑顔ごと固まる。

立て付けの悪い扉のようにギギギギと横を向けば、簡素な椅子に座って腕を組んだオプスがねっとりとした視線を向けていた。

固まったケーナの身嗜《みだしな》みは、そうと感じさせない無駄のない動きでサイレンが整えている。

クーは大きな欠伸《あくび》をしながら、ケーナの左肩の上で舟を漕《こ》いでいた。

「デメリットスキルの良い実地試験になったようで、何よりじゃな？」

「ふ、ふん！　残念でした。実地試験はとっくに経験済みだよ！」

「ほほう。それだけ自信満々でいながらこの体たらく。我にも斬られかけた補償があってもいいと思うのじゃがの？」

「元はと言えばあんたが私をキレさせたんでしょーが！」

実際のところ、フェルスケイロに居を移した時に幾つかのデメリットスキルは使用済みである。

ただ、デメリットの効果が、使用後一時間とか三時間の物ばかりで、【全ステータス極上昇《メガブースト》】の使用までは至ってはいない。

それを今回使用した訳だが、まさかケーナ自身も風邪《かぜ》と筋肉痛と鬱がいっぺんに襲ってきたような状態になるとは思っていなかったのである。

喋《しゃべ》るのもおっくうだし、体もまともに動かせなかった。

寝るくらいしかできなかったのが口惜《くや》しい。

これだと寝たきりの病床の身と変わらないではないか。

そう感じてしまったことが一番悔しいことだ。

ケーナに怒鳴られても不思議そうな表情のオプスに、「こいつどーしてくれようか」と拳《こぶし》を握ったのは当然だろう。

「……ご主人様。大人しく罪を認めてください」

「は？」

ケーナの身支度を整えたサイレンが悲痛な顔をすれば、その場の非難がオプスへ傾く。この場にそれを判断する第三者がいればの話であるが。

当然というケーナの視線と悲しみを湛《たた》えたサイレンの視線。

ついでに何だか分かっていないクーの眠そうな糸目がオプスに向けば、不本意ながら降参するしかない。

「分かった分かった。確かにあんなふざけた態度で迎えた我にも非があるじゃろう。済まなかった。……これで良いか？」

「まあ、ご主人様。謝ることを覚えたのですね。それはようございました」

折角のオプスの謝罪も、サイレンの感動なのか煽《あお》りなのか分かり辛《づら》い一言で台無しになった。

これにはオプスも遠い目になり、ケーナも唖然《あぜん》としてしまう。

暫《しばら》くの間無言の地獄空間となったが、サイレンがオプスを立たせて身嗜みを整えたところで漸《ようや》く再起動を果たす。

「さあ、ケーナ様。辛気臭いこの場所を出ましょう。馬車があるという話ですよね」

「え？　うん。あれ？　馬車のことサイレンに言ったっけ？」

どうやら意識が混濁している間に話したことすら忘れているようなので、サイレンが楽しそうに昨日のことを話す。

「ええ。馬車ならあるから旅の足は必要ないと仰《おつしや》られていましたね」

「あー、うん。……言ったような言ってないような……？」

首を傾げるケーナだったが、笑顔のサイレンに目が向く。

「なんか、サイレンが楽しそう、だね？」

「ええ、ええ！　実は【御者《ぎょしゃ》】のスキルがあるんですけれど、今まで一回も使ったことはなくて。ご主人様は気軽にあちこちを行き来してしまうので、少し憧れていました！」

正直な答えに釣られてケーナも笑顔になるが、やや引きつっているものになっていた。

だいたいケーナの所持している馬車というのは御者を必要としないのだ。サイレンの喜びがぬか喜びになりそうで、ケーナはどう伝えようか迷う。

「まあよい。どっちにしろこの近辺では馬車は使えぬであろう。まずは通商路の方まで出るしかあるまい」

「そうですね。ぐずぐずしていると陽《ひ》が暮れてしまいます。早いうちに動きましょう」

ダンジョンのあるこの村は外郭通商路から外れた場所に位置している。

通商路と違い、道が狭いために馬車を使うと他の者たちの迷惑になるのだ。

なので馬車を出すには、村から一時間ほど離れた外郭通商路まで歩く必要がある。

あるのだが、サイレンの期待を裏切ってしまうことにケーナは罪悪感を感じていた。

村から出る時に、門のところでオプスの顔を見た覚えがなかった衛兵に確認を取られるというミニハプニングがあったものの、四人はダンジョン村から出ることができた。

まさか住人もダンジョンの主が村の中にいるとは思うまい。

「あんた一体ここをどうやって出入りしていたのよ？」

「うむ。基本闇に紛れて【転移】かのう」

「うむ、じゃないでしょーよ、うむじゃ。せめて門番くらいには顔繋ぎなさいよ。そんなんだから怪しまれたりするんでしょうが」

「とは言うもののう。正面からダンジョンに入らぬ者が村の中をうろうろしておったら、怪しいじゃろ？」

「ご主人様は存在からして怪しいですからね」

前を向いたままで素っ気ないサイレンの一言が、オプスの胸にぐっさー、と刺さった。

【薔薇は美しく散る《オスカル》】こそ使われていないが、オプスの歩く動作が揺らぐ程の衝撃だったようだ。

「…………。オプスさあ、サイレンに何したの？」

「……我が知るか！　こちらへ来てからことあるごとにあの調子ぞ」

漸く感じていた違和感を実感できたケーナがオプスに小声で尋ねる。聞かれた方も心当たりがないようで、困惑した回答であった。

ゲームの頃のサイレンは、主を立てて常に半歩後ろに付き従うたおやかな女性だっただけに、毒舌を吐きまくっている彼女の姿にケーナは目を丸くするしかない。

第二のロクシーヌが出現したのかなと、内心戦々恐々のケーナであった。

街道に出てケーナがアイテムボックスから取り出した幌馬車《ほろばしゃ》を見たサイレンの目が驚きで見開かれる。

「あらあら、これはこれは……」

御者台《ぎょしゃだい》の中央から馬の首が突き出したデザインの幌馬車は、一風変わった存在感をかもし出していた。

クーなどは喜んでいて、馬の首の額に陣取りニコニコと笑みを振りまいている。

前回乗った時はその姿が誰にも認識されていなかったからだろう。

さすがに今回は前と違って、馬車内は難しい話で満たされてしまうと思われる。

「はあああああ～」とクッソ重い溜息《ためいき》を吐《は》きだしたオプスは、おもむろに取り出したハリセンをケーナの頭に振り下ろした。

「いったあああっ!?」

スパーン！　と青空に響き渡る快音に、頭頂部を押さえたケーナは目を三角にして加害者に向き直る。

「いきなり何すんのよっ！」

「馬鹿貴族を締めた時から馬車の何が問題であったか分からんかったが、お主が馬鹿じゃったのかと判明して呆《あき》れただけじゃ」

「えええ～、意味が分からないんだけど。旅を快適に過ごそうとしただけだってのに……」

「そのためにお主を独りにしとったんじゃろうが！　今の世の中をその目で見れば、何が許容範囲で何が使ってはいけないのかの判断もつくと思ったんじゃったが。見込み違いであったか？」

　何やら考え込んでしまったオプスに疑問を感じ、ケーナは馬首付き幌馬車を振り返る。

　どうやらオプスにとって問題なのは、幌馬車をゴーレム化したことだけではないらしい。

「まあ、御者台には座れますね」

　余程【御者】スキルに憧れがあるのか、サイレンの視線は馬の首の左右に向けられていた。

　確かに中央に鎮座する馬の首の左右には、まだ人が座れるスペースが残されている。

「仕方あるまい」

　オプスは手をかざして【岩人形作成《クリエイト・ロックゴーレム》】を行使した。

　幌馬車前の地面が波打ったと思ったら、そこから飛び出してきたのは二頭の馬である。

　当然ながら馬の形を取ったゴーレムで、馬具と馬車に繋《つな》ぐ轅《くびき》も込みで生み出された。

轅を馬車に融合させれば、見た目は普通の馬車と変わらなくなる。

御者台に突き出ている馬の首は、上から布でも被《かぶ》せておけば不審に思われないだろう。

「横着して馬を省くから、貴族に狙われるんじゃろうが。何事も既存の形から逸脱すれば目立って、要らぬ苦労を呼び込むこととなる。よく覚えておくのじゃな」

「はいはい。どーせ私が考えなしだって言いたいんでしょ。悪うございましたね」

完全に拗《す》ねた表情で明後日《あさって》の方を向き、ケーナはすっかりへそを曲げていた。

こうやってオプスにダメ出しされることは初めてではない。

いわゆる耳タコという奴《やつ》である。

その度に反論していたが、人生経験に乏しいケーナでは正論で丸め込まれるのがオチだ。

口では勝てないのが分かってからは、拗ねたり無言を返したりして反抗しているつもりである。

結局後から自分の行動を振り返って、後悔することが多い。

それすらもお見通しのようで、後日会ったオプスには「どうじゃ。我の話を聞いておいてよかったろう?」と言われるのだ。

そしてまた拗ねる羽目になる、というパターンが多かったのも事実である。

「それでは馬車の方は私にお任せを。お二人は存分に話し合いをなさってください」

ほぼ自動運転のようなゴーレム幌馬車とゴーレム馬だが、サイレンは御者をやれれば文句はないようだ。

さすがにメイド服のままでは目立つので、彼女は頭からすっぽりと茶色いローブを被っている。ローブはオプスから渡されたものだ。

それはそれで怪しさが増すが、女性が御者をやっているとならず者などに狙われやすいので、それを避けるための工夫だという。

ちなみにメイド服以外の服装を勧めた結果「メイドがメイド服以外の服装を選択するとお思いですか？」と真顔で言われたので、ケーナは説得を諦めた。

「ファンシーじゃのう」

「内装はシィに任せたのと、クッションはルカの練習品かな」

幌馬車の内部はリットらと出かけた時から様相を変えていた。

リットの裁縫練習作品のクッションやぬいぐるみなどがそこかしこに置かれ、壁は無骨な骨組みを隠すようにパステルブルーの布で覆われている。

床には白と薄青色のチェック柄の絨毯《じゅうたん》が敷かれ、壁際には引き出し付きの小物入れが幾つか置かれていた。

フェルスケイロの王都から戻った後に、ロクシーヌに頼まれて外に出していたら内装を整えられていたようだ。

青系統で統一されているのは、ルカが好きな色だからである。

オプスは適当に大きめのクッションを選ぶと、その上にどっかりと胡坐《あぐら》を組んで座る。

ケーナはその対面にクッションを幾つか集めてから座り、楽な姿勢を取った。

「さて、話を始めようかの」

「うん」

とは言ったもののオプスも詳細を話すとっかかりを決めかねているようで、腕を組んでから考え込んでしまった。

「まずはそちらの疑問に答える形にするか。何か質問があったら言うがよい」

「質問て……」

ベラベラと言いたいことだけ言って、いきなり打ち切られる可能性も視野に入れていただけに、オープン姿勢のオプスの態度にケーナは言いよどむ。

質問をしようにも疑問だらけの中、何をピックアップしたものかと頭を悩ませてしまう。

「えーと……、んー？」

「……なんでも話すがよい」

「思ったんだけど、上から目線過ぎない？」

「何を今更。前からこうだったであろうが。今頃気になるのか、そこが」

「久しぶりに会えば誰でもこうなるよ」

「そうか？」

「私はね」

「いきなり斬りかかって来た奴の言葉とは思えんな。肉体言語からだったろう」

「って、あ、あれはっ！　お、オプスが悪いんじゃないっ！　あんな、さあ、態度で。お客を迎える姿勢じゃないでしょーが！」

「何を怒ることがある。アレに比べればエベローペなんぞの方が余程大概だったじゃろうに」

「そ、そーだけどさあ。で、でもそれはそれ！　これはこれ！」

「……むう」

オプスは理解できないという様子で、眉《まゆ》をひそめた。

ちなみにエベローペというのは〝くりーむちーずギルド〟のメンバーで、『歩くインモラル』という異名を持っていた女性のことだ。

当時知識が乏しかったケーナに保健体育の講義をしてくれた師でもあるが、生々しい実体験込みで解説された時などは卒倒したこともある。

　ちょっとの間ぷりぷりと怒っていたケーナだったが、深呼吸して気持ちを落ち着けると漸く質問のために口を開いた。

「あのさあ、ログアウトの時に辺境の村で落ちたのは覚えているんだけど、目が覚めたら宿屋だったんだよね。宿屋に泊まった記憶がないんだけど、どういうこと？」

「それは難しく考えることもないことじゃ」

　思っていたよりもすんなりオプスが答えを口にした。

「我がお主の姿に化けて宿を取り、眠った状態のお主を宿に置いてきたからじゃ」

「え？　……ええええええっ!?」

　あっさりと判明した真実にケーナの思考が一瞬停止する。

　それが事実だとすると、色々と腑《ふ》に落《お》ちない点が浮上するからだ。

　キーの報告してきた緊急事態とかもそうだが、ケーナの体は目覚めた時点以前からこの世界に存在したことになる。

　そのキーはというとドレクドゥヴァイ戦の時から反応がない。

　存在そのものがオプスの仕込みなのかと疑ってしまうほど、脳内は静かだ。

　もしや、オプスのもとに行ったからキーの存在が消滅したのではないかと焦ったケーナが声を荒らげようとした時である。

弱々しい声が脳内で発言したのは。

『申《モウ》シ訳《ワケ》アリマセン、ケーナ』

「……キーちゃん。よかったー！」

普通であれば互いに抱き合い、生存を喜ぶといった光景が見られたのだろう。

今回は残念ながら片方のキーに抱擁《ほうよう》すべき体がなかったため、ケーナが虚空に向けて喜びの声を上げるだけに留《とど》まった。

『虚偽ノ報告ヲ……』

「別にいいんだよ。私はキーがいてくれるだけで嬉《うれ》しいから」

『勿体《モッタイ》ナイオ言葉』

「どうせあれでしょ。オプスに騙《だま》されたんでしょ。言葉巧みに『うん』と頷かされたんだよね？」

「おい、それでは我が稀代《きたい》の詐欺師みたいではないか。風評被害は止めてもらおう」

『オ察シノ通リ、ケーナヲ人質ニ取ラレテ、泣《ナ》ク泣ク』

「ここぞとばかりに被害者面しおって！　大体貴様も同意したであろう！　今更反故《ほご》にしようと思っても無駄じゃぞ！」

『何ヲ言ッテイルノカ、サッパリ存ジマセヌ』

「知らぬ存ぜぬと言っておけばいいと思っておるじゃろう、貴様！」

何やら押し問答のようなキーとオプスの言い合いになったところで、漸くケーナは妙《みょう》なことに気が付いた。

何故《なぜ》ケーナにしか聞こえないキーの声を、オプスも聞くことができるのか？　である。

それに言葉の端々に親しい仲でもあるような気安さが見て取れる。

実直で真面目《まじめ》な老執事と、奔放《ほんぽう》でやりたい放題の主人といった感じだろうか。脳内でそういった絵に当てはめるとしっくりくるような気がした。

「二人は知り合いだったの？」

『……』

「……」

ケーナがつい呟《つぶや》いてしまった一言によって、ギャーギャーと責任のなすりつけ合いをしていた二人の会話がピタリと止まった。

キーの表情を確認することはできないが、オプスと一緒で気まずそうな雰囲気を感じることができる。

「まずいところを見られた」二人の纏《まと》う空気はそう語っていた。

「まあ、あれよ。お主を手元に置くときに、やや揉《も》めてな……」

『ソウデス。ケーナヲ手荒ニ扱ウコヤツニ苦言ヲ……』

誤魔化し方も似ている気がする。そう思ったケーナだったが、今の会話に不穏なものを感じて「ん？」と首を傾げた。

「オプスの手元……？」

「まあ、そうな。お主の体はこの世界が始まった二〇〇年前から、我の管理下にあってな。お主が真っ二つに切り裂いたあの寝台。目覚める直前までお主が寝ていた場所じゃぞ」

「は？　はあああああっ!?」

スパスパの瓦礫《がれき》になった後で、その場所を思い浮かべろと言っても無理なことである。

ケーナの中ではオプスが寝っ転がってお菓子をボロボロこぼしていた場所でしかなかったため、寝台と言われてもピンとこない。

二〇〇年後に目覚めたという設定は消《き》え失《う》せ、実は空白の二〇〇年もこの世界に存在していたというのだからそちらの方がびっくりである。

「そんな記憶ないんだけど……。え？　もしかして記憶を封印されているとかっていうオチ？」

「慌てるな。お主は二〇〇年すやすやと寝とっただけじゃ。二〇〇年寝太郎、いや寝女郎《ねじょろう》じゃな。寝てた当人に寝ている期間の記憶があったらそれはそれで怖かろう」

ケーナの体感時間では病室で寝落ちしてから、宿屋で目覚めた間にそう時間が経っていたという気はしない。

「どうしてそうなったしっ！」

同時刻、鼻歌を歌いながら御者をしていたサイレンは雲一つない空を見上げ、「平和ですねえ」と呟いていた。

背後の幌馬車の中で何かを殴打するドコーンという音が響いたが、それを含めての「平和」発言であった。

彼女にとっては内部で何が行われていようと、草原を渡るそよ風のようなものであるため、悉《ことごと》く知らんぷりである。

勿論《もちろん》、ご主人様がどんな目に遭ったとしても、それはご主人様の「失言」が原因なのだからと、わざわざ助けの手を伸ばす気などもない。

メイドとしてそれはどうなんだ？　と問われそうだが、それこそがオプスが望んだサイレンとの距離感である。

ケーナはつい文句と一緒に手が出て、オプスに「懲《こ》らしめ用」と書かれた大木槌《おおきづち》を向けてしまった。

オプスが上手《うま》く力を逸らしたお陰で、背後の壁布を破るようなことにはならなかったのが幸いだ。

「ええい、遠慮なしに暴力を向けて来おって。突っ込みに物騒な物を振り回すなと言っておいたじゃろうが！」

ハイエルフ族が筋力で魔人族に勝てる筈《はず》もなく、ひょいと取り上げられた大木槌はオプスのアイテムボックスへと没収されてしまう。

「あ、とっこみくんが……」

「口と同時に暴力を振るうなと、何度も言ったじゃろうが。子供にもそういった悪い見本を見せておるのか？」

「ルカの前で？　そんなことはやってなかったと思うけど……。それにこういうことをするのはオプスだけだよ」

満面の笑みでそんなことを言われれば、オプスとて呆れて色々飲み込むしかない。文句は纏めて後日に回すつもりだ。

「差別というより区別をされたようで、嬉しい限りじゃよ」

ケーナの記憶力では、文句をつける頃には忘れられていそうだが。

「そもそもオプスに保護されていたっていう経緯が分からないんだけど。何で？」

「経緯というたか。話すと長くなるんじゃが……」

「そもそも私がそれを聞こうという場じゃなかったの？」

『脱線シマクリダッタデスネ』

「ええい。誰のせいだと思っておる」

キーに文句を蒸し返そうとしたが、そこにいるのはケーナであるため言いかけた言葉を口の中で砕く。

気を取り直して深い溜息を一つ吐き、オプスはとつとつと話し始めた。

「時にケーナよ。どうしても願いを叶《かな》えたいとして、それが現状ではどうしようもなかったら、お主は何に縋《すが》る？」

「いきなり質問からぁ？　話じゃなかったの？」

「まあ、そう急くでない。前提条件として知っておくべきものじゃ」

「えー……。ええと縋る、縋る？」

口に手を当てて「縋る」を反芻《はんすう》していたケーナは、暫く経ってから「神頼み？」と自信なさそうに答えた。

「自信なさそうじゃな？」

「それは、まあ。だって、ねえ？」

それは自分の体のこととか、両親のこととかだ。

なにせ事故に遭った直後に滅茶苦茶《めちゃくちゃ》縋ったからである。

『お父さんを返してください』や『お母さんを返してください』と。

結果は「神様なんていない」という結論に至った。

当たり前だがそんな願いが受け入れられるはずがなく、絶望を抱えて生きて来た実体験に他ならない。

「まあ、奴はお前と違って悪魔に魂を売り渡そうとしていたが」

「……奴？」

やたらと親しそうな言い方で特定の誰かに言及したオプスに、ケーナがいぶかし気な顔になる。

「余程お主が心配だったようでな。あと一歩遅かったらどこぞの者とも知れぬ怪しい怨霊《おんりょう》がお主の叔父御殿《おじごどの》を蝕《むしば》むところだったぞ」

「叔父さんをっ⁉」

「そこに割って入った我が何とか説得してのう。妙なことに手を出すのを止めさせたんじゃ」

「それはありがとう！　でもあっちの世界に悪魔っていたのっ⁉」

「認識できる奴はなかなかおらぬが、いることはいるな。呼び出すにしても正規の方法などは伝わっておらぬ故、出てくるモノは紛い物ばかりじゃが」

「……マジで？」

「マジじゃ」

驚愕《きょうがく》の事実を告げられケーナは絶句してしまう。

悪魔の存在もそうだが、どちらかと言えば叔父がそんなものに頼る程思いつめていたことに驚いたのだ。

当時は見舞いに来る度に『必要な物はないか？　兄貴の代わりに俺が甘やかしてやるぞ』というのが口癖のようになっていた記憶がある。

その度に一緒に付いていた従姉妹《いとこ》の亜子《あこ》に『私が父さんにそんな甘やかしされたことなんて、一度もなかったと思うけど』と、皮肉を言われていた。

『あ、いやー。お前の場合はママとの教育方針の違いがなー。なー？』

『つまり、母さんの圧力に屈したという訳ですね？』

『いやいやいや、それはー！　たぶんそんなことはないぞう！　ぬいぐるみを買ってやったこともあるはずだ』

『それはもう、五歳より前の話ではなかったですか？』

『あ、いやー……。まあ、あははは……』

決めてくれる時はかっこいいのだが、いかんせん叔父の家は女性陣が強いのである。

娘の前で縮こまる叔父は、ちょっと情けなかった。

それはそれとして、亜子が小さい時に貰《もら》った、あるアミューズメントパークのマスコットのぬいぐるみをとても大切にしているのは桂菜《けいな》も知っていた。

それを叔父に伝えようとした時などは、亜子が途轍《とてつ》もなく取り乱したことを覚えている。

『あの、叔父さん、亜子姉さんがね……』

『わっ、わわわわっ!? ちょっちょっと、ちょっと待って桂菜！ それは言ってはダメな奴だから！ ね！ ね？』

『え？ ……は、はい』

あの時の亜子姉さんは、子供心にとても怖かったと記憶している。

そんな最近のことに思える会話が今はとても懐かしい。

叔父さんもそんなに悩んでいたならちゃんと言ってくれればと思ったが、ゲームに手を付ける前のケーナは、抜け殻か幽鬼のようだと言われていた。

言われたところで「どうせ私なんか……」とか、「こんな身動きできない人間が何の役に……」と何もかも諦めて病んでいた頃の桂菜では、聞く耳も持たなかっただろう。

「で我は、体は無理でも心を救うという名目でＶＲＭＭＯＲＰＧ開発の話を持ち掛けたのじや」

「……は？」

「最初は採算なんぞ取るつもりもなく、完全に個人のもののつもりじゃったのじゃが。資金提供するならば開発費くらい稼ぎだせと言われての。それでゲーム会社を設立する羽目になったのじゃが……」

「え？　……え？」

「そしたら今度はスタッフは必要になるわ。サーバーも新規に開発する羽目になるわ。こっちの拘《こだわ》りを伝えた日には、スタッフ全員が阿鼻叫喚地獄《あびきようかんじごく》に嵌《は》まりおるわで、大変な日々じゃったのう。誰じゃ、会社を設立すればいい、などと言った阿呆《あほう》は」

「え？　いや、ちょっと、待って……」

「まあ、開発初期のステージ構築に関わっていただけで、後は他のスタッフに任せたのじゃが、何処《どこ》をどう弄《いじ》ったらあんなにぶっ飛んだスタイルになったのか未だに謎じゃな」

「いやいやいやいやいやいや、ちょっと待ってちょっと待って！」

「何じゃ？」

「オプスが運営の関係者って冗談の類いかと思っていたんだけど、マジだったの⁉」

「だからさっきからマジじゃと言っておろう」

衝撃の自己申告である。

ゲーム当時からオプスが運営の関係者だという噂《うわさ》は常にあったが、ケーナは何かのブラフだと思って特に気にしていなかったのだ。

それが今になって真実を開示してくるとは誰も思うまい。

「それに心を救うって、もしかして……」

「そうじゃ、元々ＶＲＭＭＯリアデイルというのは各務《かがみ》桂菜を救うために生み出されたものじゃな。全国展開に至ったのはその副産物に過ぎん」

「ええ〜〜っ」

色々と衝撃的な発言が続いたため、驚き疲れたケーナはがっくりと肩を落とした。

聞けば聞くほど衝撃の展開が続く。こんな驚きがこの後も控えているような気がしてならない。

まあ、ここまで聞いてしまったからにはもう後には引けない。

「お主もしっかり楽しんでおったろう。のう？　体が動かせる喜びというものを我にとつとつと語ってくれたじゃろうて」

「……そういえば、そんなことを力説、したような……」

逆に思い出して恥ずかしさを感じてしまう。

今ここで思い出させることではないような。

あの頃はゲームを始めたばかりで、その嬉しさを誰かに聞いてもらいたかったのだ。

のびのび体を動かせる喜びを。

何処までも自分の足で歩いて行ける自由を。

だからつい、出会ってしまったオプスに想《おも》いの丈《たけ》をぶちまけてしまったのである。

知らないプレイヤーが顔を合わせるなり、満面の笑みで押しかけ報告のようなことを語って来たのだ。

一人二人と逃げられはしたが、三人目のオプスだけは嫌がりもせずに、最後までそれを聞いてくれた。

戸惑った表情もせず、ただ静かに想いの丈を聞いていてくれた。

それどころか聞き終わった後に「良かったの」と言って肩を叩《たた》いて労《いたわ》ってくれたのである。

そんな出来事があったからこそ、今まで関係が続いているといっても過言ではない。

だが、あの出会いが偶然でないとしたら？

「もしかして、あの時私と出会ったのって、意図的？」

「まあ、こんな話を聞いてしまえばそこを疑うのは分かる。しかし、我の方にあの出会いを画策した覚えはないな。と、今更言っても信用できないじゃろうが」

そのたまうオプスは不遜な表情をしていた。

弁解する訳でもなく、「その通りだ」とぶちまける訳でもなく。

悪びれず、自信満々に言い放つその態度にケーナは吹き出してしまう。

「ふふふっ」

過去の出会いはどうあれ、今に続くこの関係を断ち切ることはできない。断ち切ろうという気もない。

「何じゃ、いきなり笑い出して」

「え、なんでもない。普通普通。しいて言えばオプスの真面目な顔が面白かっただけ」

「ふん。ぬかせ」

そう呟いて満足そうに頷くのはいい気になっている証《あかし》である。ケーナがオプスの所作で見付けた数少ない癖だ。

「それで私のために作られたってのは横に置いておくとして、何で私を宿に置いて行ったの？」

「お主、あんまり自覚がないようじゃからな」

「自覚？」

「最初から我や誰かと一緒に行動しとった場合、物事を「あーはいはい」だけで適当に流すじゃろう」

「……う、うん。たぶん、そう、かも……？」

そんなことを言われても心当たりがないため、疑問に思いつつとりあえず頷いておく。

そんな心の内も見抜かれているようで、腕を組むオプスの眉がピクリと跳ねあがる。

「だから一人にして、先の見えない状況を手探りで進んで行って欲しかったのじゃよ。何ものにも代えがたい経験になったじゃろう？」

「うん。そう、だったんだ……」

目覚めた時の孤独感を思い出して、ケーナは一人呟く。

マレールやリットの手を借りて村人たちと仲良くなったことや、意を決して王都まで足を運んだことを思い出す。

子供たちに会ったことや、孫などというとんでもない出会いを繰り返したこと。

いつの間にか元プレイヤーの友人も増え、義娘を引き取ったりと忙しくしているうちに、とっくのとうに寂しさなどは消え失せていた。

「ありがとうオプス」

「何じゃ、唐突に礼など言って。気持ち悪いぞ」

「純粋な感謝の気持ちだっていうのに、気持ち悪いは酷《ひど》くない？」

「前後の脈略もない礼など言われても、意味が分からんぞ」

「だから感謝してるんじゃない。一人になって周りを見渡して歩むことがこんなに楽しいなんて知らなかったよ。だから、ありがとう」

そこで初めて困惑した表情に変わったオプスは、ケーナの額に手を伸ばし「熱はないようじゃな」と呟いた。

やられたことにキョトンとしたケーナの顔がみるみるうちに真っ赤になる。

背後の幌馬車から「ドゴン！」という振動が伝わってきて、サイレンは前を向いたまま溜息を吐いた。

また何かデリカシーのないことをご主人様が呟いたのだろうと確信して。

「全く、ご主人様も筋金入りに歪《ゆが》まれていますからね」

筋金よりは有刺鉄線の方が近そうだ。

無自覚に尖《とが》った言葉で、近付く相手を容赦なく地獄に叩き落とす姿はぴったりだ。

我ながらいい例えだとサイレンはくつくつと笑う。

幌馬車の憩いの空間内では、脳天にトゲ付きメイスを生やしたオプスがひっくり返っていた。

これでもコブが出来たくらいである。

限界突破レベルの魔人族に、この程度の攻撃は通じないことを示すいい例だ。

その頭のぴよぴよ感を出すように、クーが笑いながらくるくると頭上を回っている。

加害者のケーナは居住まいを正して、静かにお茶を飲んでいた。

その身に纏うオーラには「私怒っています」という感情がありありと見て取れる。

オプスがひっくり返っていたのは、時間にして数秒だろうか。

何もなかったように平然と起き上がった。

まるでＦＰＳゲームのゾンビのような感じである。

頭からだらだらと血を流すエフェクトを纏いながら、トゲ付きメイスをひょいと取り外してケーナに投げ返す。

勿論実ダメージは一切受けてはいない。

ケーナは投げ返されたトゲ付きメイスに手を触れるだけでアイテムボックスへ格納し、およそ感情を感じさせない動作でオプスの前へ茶を淹《い》れた湯飲みを置いた。

しばらく幌馬車内には茶をすするだけの静かな音が漂っていた。

「……で、私がオプスに保護されていた経緯だけど？」

問題は目覚めるのに二〇〇年かかった理由である。

幾ら寝過ぎといっても、限度というものはある筈だ。

ケーナ自身は怪我《けが》の後遺症はあっても、そこまで生活習慣にだらしなかったような記憶もない。

睡眠時間以外はゲームをやっていた自覚はあったが。

「端的に言って統合するために時間がかかったというところじゃ」

「……とう、ごう？　海軍軍人の？」

「それは東郷《とうごう》じゃろう」

「神仏に供える……」

「それは灯明《とうみょう》じゃ。統合じゃというのに。二つ以上の物を合わせて一緒にすることじゃ」

「ええ……。それは私に何かを合体しようとしてたってこと？」

「動物や悪魔などではないがの。ただ単にインストールさせてもらったというだけじゃ」

「インストールってプログラムか何かっ⁉　何で⁉　私が何をしたっていうの⁉」

「理解が早くて結構なことじゃが、慌てるでない」

ずびーっとお茶をすすりつつ至極真面目なオプスが淡々と告げる。

「何処に何をインストールされたの私っ⁉　そもそも人間の体にハードディスクなんかついてないでしょ！」

「それっぽい物は付いておるがな。普段は一〇パーセントしか動いておらん器官があるじゃろう？」

「一〇パーセントって……、脳っ!?　私の脳味噌《のうみそ》をハードディスク扱いしたっていうの!?」

「落ち着け落ち着けっ！　ええい、この中で【古代神の遺産《エンシエントブレード》】を使おうとするんでないっ!!　器官があると言っただけで、なにもそこに入れたとは言っておらんじゃろうが！」

　無言で据わった目になったケーナから魔力の高まりを感じ、オプスが慌てて両腕を大きく振る。

　誤解を解きたかったからだが、大人しかったクーがピキーンと目を輝かせたのも非常に恐ろしい。

　この妖精はつくづくケーナの意向を優先しやがるからだ。

　ころっと表情を変え「まあ、やらないけどね」とブラフなのを白状したケーナに毒気を抜かれ、がっくりと突っ伏した。

「って言うか自分に何かがインストールされたっていう実感はないんだけど……。実際のところ、何処に何を入れたの？」

　ケーナは体中を一通りぺたぺた触ってから、首を傾げる。

　彼女の肩に腰を落ち着けたクーも一緒になって首を横に傾けていた。

「では質問じゃ。ゲームが現実世界になった場合、ゲームのシステムは何処に行くと思うかの？」

「ゲームのシステム？　え、独立して何処かに浮いていたりしないの？」

「どこの浮遊城じゃ。そんなもんが空中を闊歩《かっぽ》していたら国が黙っていないじゃろ」

定期的に国土の上を通過する浮遊城か何かがあれば、地面の上に居を構えている人々は気が気ではないだろう。

三国が結託して攻略に乗り出すかもしれない。

守護者の塔の中には空中庭園がある。

隠れ鬼の守護者の塔なのではあるが、下から見てもそうと分からないように徹底的なカモフラージュで隠されている。

つまりそれほどの隠蔽工作が整っていないと、浮遊城の存在は現実的でないということだ。

「空がダメなら地下とか？」

「ただのダンジョンじゃろう、それは」

「え、隠されてんじゃないの？」

「あからさまにそこにあると知らしめてどうすんじゃ。誰かに盗掘されたら終わりになるじゃろうて」

答えを挙げる度にオプスの視線が呆れたものになっていく。

この場合はあれだ。会話の流れから正解を見付けろという教えを思い出す。

その時の教授役はオプスだったため、無言のしらけた目が圧となってケーナの背筋に寒い物が走る。

最初からの会話を思い返し、質問を出された経緯にハッとなった。

「もしかして私にインストールした物って……。ゲームのシステムなの？」

「正解じゃ」

拍手をしながら満足そうな表情をするオプス。真似《まね》したクーも「わー」とか喜びながら手を叩いている。

絶対分かっていない顔をしているので、文句を言う気も失せてしまう。

「そんなもんインストールされて後遺症とかでないの？　え、放っておいたら機械に代わっていくとか？　そのうち「ギー、ガー」としか喋れなくなるとか？」

「落ち着け！　いつの時代のＳＦ小説の話をしとるんじゃ」

「いたぁっ！」

オプスはケーナの頭をぽこんと叩き、強引に悲壮感パニックから引き戻す。

「本物のハイエルフとなったお主の魂の容量は無尽蔵だからの。そこにゲームシステムを移植させておいた」

「いったいどういう理由があって魂なんかにインストールができるっていうのよ！　魂よ魂！目に見えないでしょ！　触れないでしょ！　差し込み口もある訳ないじゃん！」

訂正。錯乱状態は収まっていなかったようだ。

「無限にも近い寿命を持つハイエルフじゃぞ。長い時間をたった一人で過ごすような者もおる。そのため長期間の孤独に耐える精神や魂の強度は、他の種族などとは比べ物にならん。実にぴったりの移植先じゃろう」

「本人に承諾を取ってからにしてよっ！」

ケーナの悲痛な魂からの抗議も、自分に酔いしれた状態のオプスにとっては糠《ぬか》に釘《くぎ》だった。いい仕事をしたという達成感に満《み》ち溢《あふ》れている。

いつか絶対意趣返しをしてやると心に刻み、ケーナは泣く泣く震える拳を引っ込めた。

どうやらプレイヤーを含むこの世界は、ケーナの魂にインストールされたゲームシステムが動かしているらしい。

いつぞやにコーラルに言われた、ケーナがこの世界にやって来た時期の前後から調子が良くなった、という発言の裏付けがとれたことになる。

それまではインストールされたシステムプログラムがケーナの魂と統合中だったため、不具合やスキル効果の遅延が頻繁に出ていたのだろう。

と言っても報告者がコーラルだけなので、他のプレイヤーに異常が起きていたかは聞いてみないと分からない。

だからと言ってわざわざ自分から「ゲームシステムと統合しました」なんて馬鹿正直に暴露する選択肢を選ぶ気はなかった。

うん、秘密にしておけばいいのだ。それで騒がれるのも面倒だし。

「魂なんて不確かなものに、どうやってインストールなんかできるのよ？」

「ん？　ああ、案ずるな。〝繋げる〟ことに関して我の右に出る者などおらん」

「……え、はい」

オプスはその部分だけを自信満々に断言する。

つい頷いてしまったのは、その言葉が嘘《うそ》とは思えなかったからだ。

「おお、クーもサブの部分を担当しておるからの。一緒にいれば効率は上がるじゃろ」

「…………（怒）」

何でこの男は後から火種に薪《まき》を放り込むのだろうか。

自分でも怒りたいんだか泣きたいんだか、感情が制御できていない。今この場で殴りたい欲求を抑え込み、ケーナは色々を呑《の》み込《こ》んだ。

名付けを強制して、括《くく》らせた理由がそれかと漸く分かる。

空中で無邪気に笑うクーにサブのシステムだという自覚はなさそうだ。

これだけ能天気に生きていればケーナも悩むことはなさそうだが、色々と投げ出すわけにもいかない。

「他に聞きたいことはあるかの？」

「あー……。一瞬カッとなって聞くこと消えちゃったよ〜。また思い出したら聞くってことで良い？」

「ふむ。まあ、これからは近くにいるじゃろうからその時々で疑問もあるじゃろう。聞きたいことがあったらいつでも受け付けておるぞ」

加害者が魔王の嘲笑のような満面の笑みを浮かべて、サムズアップをする場面ではないと思いつつ、ケーナはクッションの広がる床に脱力して倒れ込んだ。

「つっっかれたー」

「つかれたー」と元気よく真似しながら、クーが頬と頬をピタリと寄せてくる。もちもちした感触を楽しみつつ、ケーナの精神的疲労感がじわじわと回復する、ような気がする。

「もうどっから突っ込んでいいか分からないわー」

「遠慮なしに突っ込んできたじゃろうが」

つい愚痴をこぼすと、近くから反応が返ってくる。

共に行動していれば、クエストやプレイヤーに対して愚痴も多くなっていった。

ゲームをやっていた頃も律儀に一々それに返してくるオプスの存在が感じられ、ケーナの心に空いた隙間にぴったり嵌まった気がする。

（あー、これこれ。失って分かる存在感ってやつかなあ）

『尊大サニ慣ラサレテイル気ガシナイデモナイデス』

（放っといてよ。でも漸く人心地《ひとごこち》が付いた、かな？）

『アマリ奴ヲ調子付カセルノハ、止メテオイタホウガ』

「調子付いてはおらんから心配するな」

頭上から返答が返って来て、オプスはキーとの会話を傍受できるんだったと思い出す。

寝転がったまま頭を上げると、先程と変わらず憮然《ぶぜん》とした顔のオプスがいた。

「オプスの利益って出ているの？」

ふと気になったことを聞いてみる。これだけ色々とやらかしているが全てはケーナのためという一点に尽きる。

たまたまゲームで出会った人のためというには、オプスに何の利点もないように思えた。

いや、ゲームを始める前からケーナを救うために動いていたというが、ケーナ側にはオプスとリアル世界であった記憶も所縁《ゆかり》もない。

そもそもその時点で全然接点がないため、オプスがケーナのために動く理由がさっぱり分からない。

「まあ、心配するな。我の利益はきちんと出ている故に」

「……ちなみにどういう利益が出ているのか聞いても？」

「それはまあ、そのうち、おいおいに、じゃな」

そこはぐらかすようだ。「何でも聞けって言ったじゃん」とぶーたれるケーナに、オプスも「すべて答えて貰えるようなものだとは思うな。何割かは自分で考えよ」と返すのであった。

「……と言われてもなあ……」

生きながら心が朽ちて行っているような桂菜を救うためにゲームに関わらせ、ゲームのサービスが終了してからも、世界を現実にしてまでケーナを生かすために尽力した人《オプス》の利益。

そんなこと考えても一生思い当たらないに決まっている。

ケーナはオプスではないのだから。

それでも悶々《もんもん》と考えてしまうのは、ケーナ側にそこまで尽くされる理由がないからだ。もはや病院で死を待つだけのようなケーナに付き合って、オプスまでリアル世界の肉体を捨てることはない訳だし。

「そう言えばキーちゃん！　最初にゲームのマスターシステムから切り離されたって言ってた

よね！　その時点でゲームのシステムは私の中にあったんだから、すっごい矛盾してない？」

自分の魂にゲームの、と考え始めてみれば目覚めた後にキーの言ったことがふと思い起こされた。

『アレハ……、真実ヲ告ゲテモ信用サレナイト思イマシテ』

「……うん、そうだよね。そんな荒唐《こうとう》無稽《むけい》な話、あの時に言われたら絶対信じなかったね！」

それ以上にキーが信用できなくなっていたかもしれない。「キーが厨病《ちゅうびょう》を患った!?」と錯乱していた可能性もある。

「別にキーとて嘘は言っておらぬじゃろう。忠臣を疑えば、後に残るものは懺悔《ざんげ》しかあるまい」

「そんなのアンタに言われなくても分かっているわよ！　誰のせいでこうややこしくなりかけたと思っているのよ！　ちょっとは悪びれるとか反省するとかないんかいっ！」

哀れ、間を取り持とうとしたオプスは、再度ブチ切れたケーナの手によって幌馬車の外へと叩きだされるのであった。

「ふんだ！」

『アハハ……』

本当はケーナだって分かっている。あの時はああいうのが最適だったと。

迂闊《うかつ》に「マスターシステムとの同期があった」なんて言われたら、そちらにばっか頼って村を見ることも、人と交流することもしなかったのかもしれないからだ。

ただ、横になって考えているうちに眠ってしまい、次に目覚めたのは村に着いたと起こされた時だった。どうやら質問タイムは終わりらしい。


その頃、ヘルシュペルでは。

ケイリナが護衛の騎士を連れて、罪人用の鉱山前で足を止めた。

ヘルシュペル国でも奥地にある山脈地帯は良質の鉱物が産出される地域である。

その中でも幾つかの鉱山は犯罪者の奉仕地区となっていた。

険しい山脈のせいで逃亡が容易ではないこと、単純作業を繰り返させることで罪人から逃亡意欲を奪い、反省を促すことも目的の一つである。

中にはあまりに長期間ここに放り込まれたせいで精神に異常をきたし、石を拾って奇声を上げるだけになり果てた罪人もいる。

ケイリナが部下を連れて足を運んだのは、その中でも奥地に位置する重犯罪者の収監されている鉱山だ。

入り口に辿《たど》り着《つ》く前から堅固な牢屋《ろうや》のような鉄格子に囲まれたそこは、何者も寄せ付けぬ冷たい拒否感に包まれていた。

先触れによって通達が来ていたので、内側から門番兼鉱員兼その他色々な役目を持つドワーフ族の看守が鍵を開け、ケイリナ一行を招き入れる。

罪人たちの寝泊まりする宿泊所を見渡したケイリナは、目当ての人物がいないのを見て、脇に控える看守のドワーフへと問い掛けた。

ちなみに今現在ここに収監されている罪人はケイリナの求める彼一人だけだ。

「通達は来ている筈だが？」

「……それが、伝えはしたのですが。当人は今も鉱山の中です」

聞かれた看守のドワーフたちは、沈痛な表情で首を振った。

ここに収監されている彼は自分の罪を認めてから、一心不乱にツルハシを振るっているらしい。その姿勢は随分前に来た時と全く変わっていない。

一度掘っている現場を見たが、心ここにあらずといった感じだった。

その姿は罪を認めてというより、逃げ道を探すためというような悲痛さに満ちていたと記憶している。

鉱山内に詰めている別の看守に案内されて中に入る。

幾つも枝分かれした坑道を抜け、梯子《はしご》を下ると以前に彼が掘っていた坑道の更に先から音と声が聞こえてきた。

手前には監視役のドワーフが眉をひそめて坑道の奥を凝視していたが、ケイリナの姿を見ると胸に手を当てて礼を取った。

奥からはガチンガチンと、規則正しいツルハシで掘削《くっさく》する音が聞こえてくる。

「ええいもうレベル足んなくてこのスキル使えねえっ！」

同時に苛立《いらだ》った彼の悪態を吐く声も。

ガチンガチンガチン！

「いや待てよ、この魔法ならどうだろう？」

何事かを試したのだろう。キュルキュルキュルと耳障りな音が聞こえて来る。

「だーっ！　遅っ！」

だが行使した何かは、彼のお気に召さなかったようだ。再びガチンガチンと、ツルハシの音が響く。

「クソッ‼　この首輪のせいで大規模魔法使えねえ！」と文句を言った直後に岩が崩れた音が響き渡った。

ケイリナがドワーフの看守に目をやるが、彼は首を竦《すく》めるだけであった。

それほど深刻ではないらしい。

「うわ崩れた⁉　ナニコレマジモロ過ぎるだろ！」

現に奥からソレが頻繁に起きるような意味合いの声が聞こえて来る。

「ええい！　またやり直しじゃねえかっ！　誰のせいかっつーと俺だ！」

かなり乱暴にツルハシを振るう音が聞こえる。音もガチインガッチンと妙に不規則だ。

「自分で自分に突っ込むとかハハッハ……」

「……クソッ何やってんだよ俺…………」

「う、ううううっ、うわあああああああああああああっ‼」

ガギンガギンガギンガギンガギンガギンガギン‼

なんと言えばいいのか、悲痛な叫びの後はもうメチャクチャにツルハシを打ち付ける音だけが鳴り響く。

遠い目をして暗闇を見る看守のドワーフは、なんとも言えない感情を込めた視線をケイリナに向けた。

「連れて行きますか？」

「ああ、……連れて行く」

監視をしていた同僚と肩を並べて暗闇に踏み込む看守のドワーフたちに続きながら、ケイリナは力強く呟いた。

「それも全てはヘルシュペルのためだ」

ケイリナが現場に着くと、ツルハシを片手に掘っていた壁を睨《にら》む彼の背中が見える。

足に繋がれた太い鎖は、後ろに置かれたトロッコに繋がれていた。

今は看守のドワーフたちがその鎖をトロッコから外しているところである。

「……あんたか」

彼はケイリナに気付くと焦点の合ってない濁った眼で振り向く。

その姿は以前出会った時より、更に酷くなっていた。

目には隈《くま》が出来ていて、頬はこけ、体からは余分な肉が落ちてやせ細っている。汗と粉塵《ふんじん》で汚れたその身は、髪も含めて灰色に染まっていた。

「騎士サマも暇なんだな。罪人の俺のとこに頻繁に足を運ぶなんて、よ！」

彼はのろのろとした動きでツルハシを壁に叩き込む。動きは遅くともそれだけで壁の一角は小さく砕けた。

「通達は聞いているのだろう。お前をここから出す」

ケイリナが言ったことを聞いているのか聞いていないのか、彼はツルハシを振るう手を止めない。

「ははっ、俺は大量殺人者だぜ……。そんなのを世に解き放っていいのかよ。ばっかじゃねえの……」

大量殺人者の発言辺りでツルハシを振るう勢いが増す。

その横顔からは心底自分のことを呪う感情がにじみ出ていた。

「安心しろ。お前はもう死んだことになっている。いや、盗賊だった奴らはもう公開処刑を終えている。民衆を脅《おびや》かしていた輩《やから》はもういない」

彼はケイリナの言葉に驚いてその動きを止めた。

彼自身も一度はギロチンに掛けられた身だが、プレイヤーの特性上それでは即死しなかったのである。

その場はそれで死亡したことにして、ここに移されたのではあるが。

「……そ、うか……。あいつら、も、……もういない、のか。当然、だよな……。好き勝手、して来た、ん、だもんな……」

かつての部下に想いを馳《は》せているのか、呟く彼の表情からは感情が抜け落ちている。

そのままケイリナに顔を向けると、首元の黒い首輪を引っ張った。

「これがある限り、俺は弱体化したままだ。今の状態ならあんたにも殺せるんじゃないか？」

「部下にする前から、お前を殺《あや》める趣味はないな」

「ははっ、さっき聞いたことは本当なんだな……。俺に何を求めるんだ？　俺は、ただの人殺しでしかない……」

　彼の手からツルハシが滑り落ち、彼の心の中の如く空っぽの音が坑道に響く。

「そうだな。まずは一兵卒から始めてもらおう。今まで奪ってきた分、護ることで罪を償うがいい」

「……ああ。誰かの下に付くなら、あんたの下がいいかもな……」

　諦めた表情をしている彼だったが、両手の拳は血がにじむほど握りしめられていた。

「そう言えばお前の名前を聞いていなかったな」

　ふと思い出したように聞くケイリナの言葉に、かつて盗賊の頭だった男はそこで初めて口元を緩めた。

「今頃かよ……。俺は、俺の名は……」

　ケイリナは彼の名前を聞くと、看守のドワーフたちと共に彼を鉱山から連れ出すのであった。

第二章
増える家族と、酒の肴と、補足事項と、真実

硬質な馬に曳《ひ》かれた見慣れた幌馬車《ほろばしゃ》に一瞬首を傾《かし》げた辺境の村の村人たちだったが、中から出てきた人物がケーナだと知ると喜んで迎えた。

ケーナ宅にも知らせてくれたようで、ほどなくルカを連れたロクシーヌとロクシリウスも現れる。

ただその二人はニコニコと笑みを浮かべるサイレンを見た途端に、頬を引きつらせて石像のように凍り付いた。

「ケーナ、おかー、さん。おかえ、り……なさい」

「ただいま～、ルカ。元気にしてた？」

ケーナはとととと、と駆け寄って来たルカを抱きしめる。

大人しく抱かれていたルカは、ケーナの後ろにいた見知らぬ長身の魔人族に興味津々に見つめられ、目を見開いて驚いていた。

「ちょっとオプス。ルカを怖がらせないでよね！」

「怖がらせた覚えはないのじゃが……」

「真っ黒くて角が生えてたら誰だって怖いよね。ね～、ルカ？」

「だから流言飛語は止めよというのに……」

ケーナの苦情を受けてしぶしぶ距離を取るオプスに、ルカは二度驚いていた。

ルカの知る限り、母親となったケーナとここまで気安い関係の人物は見たことがなかったからだ。

そうこうしているうちに噂《うわさ》が村中を駆け回り、手が空いている村人がケーナを出迎えるため次々に顔を出してくる。

「随分と長旅だったじゃないのさ、ケーナ。暫《しばら》くは村にいるんだろう？」

「はい、マレールさん。目的は果たしたんでちょっとのんびりしますよ」

「ちょっとじゃなくてきちんと村にいておいでよ。リットが寂しそうにしててさあ」

「ちょっ、ちょっとおねーちゃん⁉」

笑いながら肩を竦《すく》めてリットにポカポカ殴られているのは、リットの実姉のルイネだ。

「で、こっちのお兄さんは？」

「私が捜してた人物で、古い友人のオプスです。彼も今日から村に住みますけど、構いません、よね？」

自信なさげにケーナがマレールを窺《うかが》うと、周囲にいた村人も含めて一緒に頷《うなず》いた。

「ケーナちゃんのイイ人なんだろう？　それなら別に俺たちに断ることじゃないさ」

「そうそう。ケーナちゃんにもこんな感じの彼氏がいたんだねえ」

「……へ？」

何やら盛大な誤解をされているようだ。

そんな関係ではないと慌てて否定しても、「分かってる分かってる」と訳知り顔で頷く村人たちに通じる筈《はず》もなく。

「歓迎の宴《うたげ》でも開こうかね。こうしちゃいられないよ！　リット、ルイネ、手伝っておくれ！」

「はいはい」

「は～い」

「あああああ！　またこの展開かっ！」

いそいそと宿屋に戻るマレール一家を、ケーナは頭を抱えて見送る。

母親の抱擁《ほうよう》を抜け出したルカは、オプスとサイレンを不思議そうに見上げた。

事前に人を捜しにいくことは聞いていたが、恐《こわ》そうな容姿の魔人族と、静かで優しそうなエルフ族のペアに戸惑う。

サイレンが真っ先に腰を下ろして視線を合わせ、自己紹介をする。

「初めましてルカ様。私はサイレンと申します。こちらの魔人族の方が私のご主人様であるオペケッテンシュルトハイマー・クロステットボンバー様。自分の自己紹介も満足にできないようなモノグサな方ですけれど、親しみと哀れみを込めてオプス様とお呼びください。ああ、ルカ様は呼び捨てで「オプス」で宜《よろ》しいかと。もしよければ語尾に「オジサン」や頭に「クズ」を付けて呼んで頂いた方がもっと哀れになると存じます」

聞いていたケーナも眉《まゆ》をひそめる言動である。

言葉使いは丁寧ではあるもののロクシーヌ並みに性質《たち》が悪い。

何で召喚メイドは皆何処《どこ》かオカシイのだろうかと、誰かを問い詰めたい思いに駆られる。その相手は存在しないだろうが。

直接的に貶《けな》されたオプス本人は特に思うところはないのか、飄々《ひょうひょう》とした態度を崩してはいない。

言われた意味の半分も理解していないルカは、ケーナを見上げて首を傾げた。

「うーんと、ルカは普通にオプスって呼べば良いよ。呼び捨てでも『オプスお兄さん』でも。私の古い友人なんだ。二人とも今日からここに住むからね」

「うん。……よろしく、おねがい、します？」

「ああ、宜《よろ》しく頼むぞ」

「宜しくお願い致します、ルカ様」

身内で紹介が済むと、今度はそれまで遠巻きに遠慮していた村人たちが寄ってくる。

今の会話は聞いていたようで、オプスとサイレンに次々に握手を求めていた。

「へー、兄ちゃん魔人族なのか。俺はラテム！　ドワーフ族だ！」

「うむ、威勢の良い坊主じゃのう。我はオペケッテンシュルトハイマー・クロステットボンバーじゃ」

「お、……おぺけて？」

「ククク、長いのでオプスと呼べばよい。宜しく頼むぞ」

「だったら先に略称を言ってくれよ……。宜しくな、オプス兄ちゃん！」

そんなやり取りを眺めながら、ケーナは自宅の使用人率がおかしなことに気付く。

オプスも込みで住人三人に、メイド二人と執事一人だ。

貴族の縮図みたいになっているが、ケーナのハイエルフ族が王族と認識されているこの世界では、妥当なところかもしれない。

そのハイエルフ族自身に王族が云々《うんぬん》という認識がどっぷりと欠けているのを除けば。

「我はオプスという。今後ともこの村で世話になる故、皆の者末永く宜しく頼む」

態度は尊大だが、オプスも分け隔てなく村人と挨拶を交わしていた。

ケーナは念のため、村長宅まで移住の挨拶をしにオプスを連れて行くことにした。宴会で顔を合わせるだろうが、面通しするなら早い方がいい。

ルカも自分からケーナと嬉《うれ》しそうに手を繋《つな》ぎ、一緒について行く。ケーナはそれを見てちょっと村を空け過ぎたかと反省する。

それに続こうとしたロクシリウスだったが、鋭い眼光で睨《にら》むサイレンに歩みを止められた。

サイレンは家に戻ろうとしたロクシーヌの頭を引っつかみ、自分の前に二人を並べる。

「二人はこちらに。まずは私に申し開きをすることがあるでしょう。それからケーナ様の邸宅に案内なさい」

「は？　ええと、私にはルカ様の護衛という役目があるのですが……」

自分の役目を言いかけたロクシリウスを、サイレンは鋭い眼光だけで黙らせる。

「ロクシリウス、貴方《あなた》は馬鹿ですか？　ケーナ様とご主人様が揃《そろ》っていて、ルカお嬢様に何の危険があるというのです？　あの方々が一緒にいるということは即《すなわ》ち、世界の危機も裸足《はだし》で逃げ出すということですよ。むしろお二方が揃うと世界征服も実現可能だというのに……」

何やら物騒なことを言っているが、ケーナに世界を征服する気とかそういった気は一切ない。

オプスは分からないけれど。

叱られている二人の間でロクシーヌからロクシリウスへ「余計な事を言うな阿呆《あほ》」とアイコンタクトが飛ぶ。しかしもう遅い。

「二人の事を聞きましたよ。喧嘩《けんか》ばかりしていると。なんと嘆かわしい。二人とも主を持つ者としてまるでなっていないそうですね？」

「いえ、特には……」

「ケーナ様やルカ様にはいつも感謝の言葉を頂いており……」

否定する二人。しかしサイレンはぐわっと【威圧】を振りまいて黙らせる。

「問題はそちらではありません。主《あるじ》の前だというのに自分を律することもせず、醜い喧嘩を繰り広げているというではありませんか？　しかもその仲裁をルカお嬢様にさせていると聞き及びました。仕える者として恥ずかしい醜態《しゅうたい》です。性根を鍛え直してやる必要がありますね」

ドロドロと不気味な背景を背負い、サイレンは怒気を纏《まと》っていた。

背後に般若《はんにゃ》を背負っているのを見て、二人は心底縮み上がる。表情には恐怖が張り付き、完全に腰が引けていた。

『夜の墓地』をバックに三角吊《つ》り上《あ》げの『光る瞳』に『耳まで裂けた』赤い半円状の口をした『鬼婆《おにばば》』が二人の顔面をがっしと摑《つか》み、有無を言わさずずるずると引きずって行く。

集まっていた村人たちは、サイレンの展開したエフェクト効果に全員ドン引きである。

「絶対この女性《ひと》には逆らわないようにしよう」という共通認識が刻まれたのであった。

「村長さん。こちらはオプス、私の古い友人です」

「うむ。突然やって来て済まぬな。宜しく頼むぞ」

「何であんたが上から目線なのよ？　これからここに住むんだからもっと然《しか》るべき態度ってもんがあるでしょーよ」

ケーナはオプスの角を引っ張って村長に無理やり頭を下げさせる。

村長はその様子を見て汗を垂らしつつ、オプスの居住を快く認めてくれた。

その帰り道でケーナたちはリットに呼び止められる。

「ケーナおねーちゃん！　おかーさんが酒場にみんなを連れて来てって」

「うっわ～。やっぱり行かないとダメ？」

「でないと宴会が始められないよ？」

酒の肴《さかな》にされると分かっていても、逃れられない付き合いというものはある。一緒になって騒いでしまえば楽なのだが、ケーナはそれが苦手であった。

苦い顔で了承する姿を、オプスは面白そうに眺めていた。

「分かったわ。でも一旦家に帰ってからでいい？　シィとロクスも連れて来なきゃだし」

「うん。じゃあ待ってるね～」

手を振りながら戻るリットを見送り、姿が見えなくなるなりケーナは大きな溜息《ためいき》を吐《つ》く。

「うわー、気が進まなーい」

「宴会に嫌な思い出でもあるのかの？」

「酒の肴になって騒がれるのに慣れないだけよ。オプスもあんまり誤解を生むような行動はしないでよ」

「うむ？　気を付けるとしよう」

「本当に分かってるのかな……？」

そこはかとなく不安に思いながら、ルカとクーとオプスを連れて自宅へ帰る。

だが、自宅玄関前でケーナたちが見たものは、氷の座布団の上に正座させられたロクシーヌとロクシリウスであった。

「一つ。主の前では感情を見せない」

「「一つ！　主の前では感情を見せない！」」

「一つ。主には一歩引いた態度を心掛けるべし」

「「一つ！　主には一歩引いた態度を心掛けるべし！」」

「……何これ？」

その手に小冊子を握らされ、サイレンに続いて『主に仕える為の必須十五ヶ条』を延々と復唱させられているロクシーズという異様な光景が広がっていた。

オプスは慣れた様子でスルー。

ケーナは頭を抱え、ルカはしばし呆然《ぼうぜん》としていたが慌てて制裁を止めに入る。

教育と言う名の愛の鞭《むち》学習が終了したのは陽《ひ》が完全に沈み、マレールが中々やって来ないケーナ一家を迎えに来た頃であった。


「それでは！　新しくやってきた人がケーナちゃんのいい人だというのに乾杯！」

「「かんぱ～い!!」」

「ってちょっと待ってえええええっ!?」

「うむ、乾杯」

「オプスものほほーんと同意してるんじゃないっ!!」

「宴会でカリカリしていても致し方なかろう。少し落ち着くがよい」

「だ・れ・の・せ・い・よ!?」

バンバンとテーブルを叩《たた》いて抗議したケーナだったが、周囲にいた村人のびっくりした顔に気恥ずかしくなり、オプスの向かい側にすとんと腰を下ろす。

そこへマレールがやって来て、テーブルの上に酒やサラダや卵料理などを並べ、ケーナの背中を笑いながらポンと叩いた。

「いつもすましてるからケーナが叫ぶことなんてないと思っていたけど、ニイさんがいると随分と表情が出るじゃないか。こりゃ、イイ人は確定なのかい？」

「腐れ縁の古い友人ってだけですよ。そんな関係になるなんてあんまり想像できません」

「ま、腐れ縁も続くとアタシとダンナのように自然と一緒になるもんさ。ケーナも気負わないでいるといいよ」

「マレールさあああん……」

「アッハッハ、ニイさんも歓迎だのなんだの気にしないでのんびりやっとくれ」

「うむ。気遣い感謝する、マレール殿」

「殿なんて柄じゃないよ」とマレールはオプスに告げると厨房《ちゅうぼう》まで戻っていく。

サイレンが何故《なぜ》かメイド長に納まったケーナ家お世話隊は、リットやルイネの代わりに酒場のお手伝いを申し出た。

本当は全部引き受けるつもりで交渉したのだが、厨房は外部の者立ち入り禁止と主張するガットと、「酒場に女将《おかみ》さんがいなくちゃ本末転倒だろう」と主張するマレールによってウェイトレス以外の手伝いを断られた。

そのお陰でルイネは旦那さんとサシで飲んでいるし、リットは子供たちだけで固まってわいわいとやっている。

「クーちゃんもケーナおねーちゃんと一緒に行ったんだ？」

「いったー！」

「ダンジョンって所に行ったんだろ？　なあ、ダンジョンってどんな所だった？」

「なんもなかったー！」

「いや何にもないってことはないだろう。親父たちがダンジョンには恐ろしい魔物や、気の抜けない罠《わな》が溢《あふ》れてるって言ってたぞ」

　ラテムが興奮気味にクーに詰め寄っているのが見えていた。

　確かに足手まとい気味のクロフィアにとっては、気の抜けない罠だったかもしれない。

　出てきた魔物も、ケーナ以外の者の目には恐ろしい魔物として映っていただろう。

　そもそもクーに冒険譚《ぼうけんたん》を聞くという時点で、人選を盛大に間違えている。

「後で彼奴《あやつ》には我がたっぷりダンジョンの恐ろしさを伝授してやろう」

「ずえーったいに止めなさい」

「何故じゃ？　あのように好奇心旺盛な年頃には、しっかりと危険なことを教え込んでおくことも必要じゃぞ」

「危ない目にはもう遭っているわよ」

　睨むように言ってやれば、オプスは興味を失ったようで「ふむ、そうか」と残念そうに頷いていた。

　迂闊《うかつ》にオプスに任せた場合、安全装置なしでジェットコースターに放り込まれるようなことになる。

放っておけばどんなトラウマを植え付けられるか分かったものではない。

「まったくもう、昔っから私とオプスが揃っていると皆ニヤニヤ顔で寄って来て、からかうことばっかり。アンタも否定くらいはしなさいよね！」

「別にマレール殿にも悪気はなかったろうに」

「ウルサイ」

「やれやれ、堅苦しいのは抜けたようじゃな」

「アンタと話してると大体こんな調子でしょーに」

料理を摘《つま》んで口に放り込み、ケーナはマレールの持ってきた果実酒で喉を潤す。

同じように杯を傾けたオプスはその味が酷《ひど》くなじんだ物だということに気付き、目を丸くしてコップを覗《のぞ》き込《こ》んだ。

漂ってくるのは香ばしい麦の匂い。ケーナの作ったビールである。

「何をびっくりしてんのよ。オプスも技能《スキル》で持ってるでしょ【酒作成】。今は主にこの村で酒作ってるわよ。ビールとウィスキーだけだけど。後は時々冒険者してるわね」

「オフラインクエストみたいにこの村を要塞化するつもりかの？」

「ガーゴイルは置いたけど、今のところはそれくらいね。村の人もそれ以上は望まないみたいだし。ああ、あとお風呂も作ったわよ」

「充分好き勝手やっとるではないか……」

呆れ顔で言うオプスにピクリと眉を動かしたケーナは、持っていた杯を力強くテーブルに落とした。

「引《ひ》き籠《こ》もりに言われたかぁないわ！　ある程度馴染《なじ》むまでは色々苦労したんだからね！　最初は他にプレイヤーも見当たらなかったし、二〇〇年も経《た》ってるし、未《いま》だに【銀環《ぎんかん》の魔女】とか残ってるし、守護者の塔を見つけたと思ったらどっかの誰かさんは本だけ残して姿も見えないし、イベントモンスターは徘徊《はいかい》してるし、タルタロスはいるわお爺ちゃんはいたけど姿隠すわ、やたら権力者に縁があるわ、挙《あ》げ句《く》の果てにダンジョン潜ったら馬鹿があられもない格好で出迎えるわ、ナメてんのアンタ！」

「待てケーナ、殺気がだだ漏れになっておるぞ」

愚痴を垂れ流すうちに感情が乗って来たケーナは、暗黒星雲を背負っていた。

勿論《もちろん》村人たちは巻き込まれないように距離を取りつつ歓談している。酒が入るとほろ酔い加減で愚痴が始まるのがここ最近のケーナの癖だ。

まともに相手をすると絡まれるため、村人たちは目を合わせずにあしらう術を心得ている。

だが、相手がオプスであったため意識のロックが外れたケーナは暴走気味になっていた。

ケーナの周囲に体に悪そうな黒煙が発生する。

【能動技能《アクティブスキル》：死神《しにがみ》の衣】（近接専用：行使者の周囲に即死効果を及ぼす煙）だ。

効果範囲が行使者を中心とした半径一メートル以内なので、遠巻きにしていた村人は影響を免れていた。

それが他者に影響を及ぼす前に、オプスが慌てて【特殊技能《エクストラスキル》：聖蓮《せいれん》の息吹《いぶき》】（全ての【能動技能《アクティブスキル》】を解除する）を発動させる。

碧《あお》く輝く風がケーナの周囲の黒煙を一瞬にして浄化した。

宴会を楽しんでいた村人たちはケーナのただならぬ剣幕に一瞬動きを止めたが、碧く輝く風の中から変わった様子のない彼女が姿を見せると、拍手喝采をして喜んだ。

どうやら大道芸のようなものだと勘違いされたらしい。

ケーナは拍手を聞いて漸《ようや》く正気に戻る。

意識の緩みからとんでもないことを行うところだったことに気付き、オプスに「ごめん」と告げて席を立った。

ルカやロクシーズやマレールらの心配そうな視線から逃れるように、俯《うつむ》いて酒場の外へ出る。

その後を「心配するな。酒に酔っただけじゃろう」と言ってオプスが追う。

酒場から離れた広場で月を見上げていたケーナは、後頭部を軽く小突かれ後ろを振り向いた。

「いったいなあ、もう」

「耐性外しておるじゃろう。だから気の緩みでとりかえしのつかないことを仕出かす寸前じゃった」

「しょーがないじゃん。宴会の場で私みたいな小娘が平然と酒をかぱかぱ飲んでいたらおかしいでしょ。それに楽しそうに飲んでいる場に交ざりたかったんだもん」

力なくにへらと笑ったケーナの頭をオプスの大きな手が掴む。慰《なぐさ》めてくれるのかなと淡い期待を抱いたケーナが感じたのは、頭蓋骨を締め上げる激痛だった。

「あだだだだだっ⁉」

「人にヘイトを向けるのも良いが、時と場所をよく考えよ！」

「痛い痛いいたいいいいいいっ⁉」

「耐性を切るくらいなら最初から飲むでない。その場の雰囲気を読むのも良いが、限度くらいは自分で知れ！」

「はいっ！　ごめんなさいごめんなさいごめんなさいっ。頭が割れちゃうからやめてええ⁉」

じたばたと暴れたケーナが漸く解放された。

地面に手足をついて荒い息をつき、呼吸を整えているとオプスに腕を掴まれ強引に立たされる。

「何よ何よ。まだ弄《いじ》る気？」

「ほら、これを渡しておくぞ」

手の中にポンと置かれたのは、何の効果があるのか分からないスクロールだった。

「何これ？」

「最後のアップデートじゃ。使っておくがよい」

それは魂にインストールされたというシステムの方から更新通知が来るものじゃないかなと疑問に思いつつ、アイテムボックスに入れてから使用を選択する。

ふわっと周囲に新緑の匂いが漂ったかと思うと、ケーナは体の中心から活力が湧いてくる気がした。心地よい風にその身を任せていると頭上でファンファーレが鳴ったのに気付く。

その時にオプスから見たケーナの様子はというと、全身からエメラルドグリーンの光を迸《ほとばし》らせて宙に浮いていた。

次に足元から魔法陣が発生し、下から上へ全身を通り抜けるとポポンと頭上にラッパを携えた天使が現れ、「ぱぱらぱぱらぱ～」とファンファーレを吹き鳴らして消えるというものだった。

「レベル……上がった？」

ステータス画面を表示させて確認すれば、『一一〇〇レベル』が『一一〇九レベル』に上昇していた。

最後にレベルアップした後、余剰経験値が一六桁ほど溜まっていたので、それが消費されたのだろう。

それだけ消費しても九レベルしか上昇しないのも酷いことではあるが。

その他にも異常状態耐性が軒並み無効になっていたり、種族の枠を超えた召喚が可能になっていたりと変更点が盛り沢山である。

レベル上昇も制限解除の一部であった。

ただ、数値を見ていたケーナの目が、どんどん昏《くら》くなっていくのにオプスが気付く。

「どうした？　まだ何か足りぬか？」

「なんか、もう、酷いね……。完全にチート通り越しているような気がするよ」

「システムの中核であるお主に害が及ぶと、残っておるプレイヤーたちが何もできなくなるからのう。保険じゃ」

「これはもう保険じゃなくて、要塞じゃないかと思う……」

呆れた様子で呟《つぶや》くケーナに、オプスは何処が不満なんじゃと不服そうだ。

「ッ!?　何者じゃっ！」

突然オプスがケーナを庇《かば》うように前に出る。

暗闇の向こうから聞こえて来た硬質な足音が原因である。

オプスには聞き慣れないものだが、ケーナはこのロバっぽい足音をよく知っていた。ちゃぷちゃぷという水音も一緒に聞こえてくれば確定だ。

「ケーナさん？」

「こんばんは、ミミリィ」

現れたのは四本足の付いた浴槽に下半身を沈めた人魚族のミミリィである。

夕飯を取りに酒場へ向かう途中だったようだ。

ただ開けっ放しの扉から漏れ聞こえてくる騒ぎを、戸惑った様子で眺めていた。

「あの～、今日は何かのお祝い事でもあったんですか？」

「ああ、うん。何と言うかいつも通りかな」

気恥ずかしいので正直には言わず、照れたようなケーナの様子から察したのだろう。ミミリィは「あらあら」と困ったように笑う。

「それでそっちの方は？」

「ああ、そーね。こちらはオプス、古い友人なんだ。オプス、こっちはミミリィ。地下水脈で迷子《まいご》になっていたんで、こっちに招いたんだ」

「ミミリィと申します。よろしくお願い致します」

オプスは挨拶を頷くだけに留め、ミミリィの姿に眉をひそめた。

「……何でこんな内陸に人魚がおるんじゃ？」

「何でも人魚の里からブラックホールみたいなのに呑《の》まれて、こっちに飛ばされてきたらしいよ。天文学的な災難だよね」

「ケーナさん。それだと私が壊滅的に運が悪いって意味じゃないですか～」

「運が悪かったら、私には会えなかったでしょ」

「それはそうなんですけれど……」

頬を膨らませてケーナに不満を訴えているミミリィに、オプスが向けるのは路傍の石でも見るような目であった。

一瞬でミミリィに対する興味をなくした態度に、さすがのケーナもカチンときた。

音もなくオプスに接近すると、側頭部の角を掴んで捩《ね》じるように下に引っ張る。

全方位可動式でもない魔人族の角はそんなに自由に動くわけではない。頭部についている以上、角を引っ張られれば頭も勢いに任せて動く。

対応できないまま、首からゴキッと聞こえてきてはいけない音をさせたオプスは、角を掴んでいたケーナの手を振り払った。

その顔には目の据わった嫌悪感が憎々し気に張り付いている。

「いきなり何をするんじゃ！　我の角はぶら下がり健康器ではないのじゃぞ」

「オプス今、私の友人を自分には関係ないと思ったでしょう？　興味がないと切り捨てたわね。偶《たま》にあるそういうところよ、貴方の態度で鼻に付くのは」

「あ、ああ。さすがにぶしつけだったか。まあ許せ」

返ってきた返答は目に見えない質量だった。

オプスは目を見開いて慌てて避ける。

後ろに倒れるようにのけぞった鼻先を不可視の魔力の塊が駆け抜けていく。

発生源は目の前で怒っているケーナだった。

「ひ、人が折角謝ってやったというのに、この仕打ちはなんじゃ？」

「何処に誠意があったというのよ？　すっごくめんどくさそうだったじゃない」

「ハッ」と鼻で笑ったケーナにオプスの周囲の空間がギシリと鳴った。

ミミリィを納めていた浴槽ゴーレムは、とばっちりを防ぐため酒場の方へ退避していた。

その酒場の入り口からは村人たちが顔を覗かせて、険悪な雰囲気になった二人をハラハラと見守っていた。

心配そうな顔のルカやリットに、強張《こわば》った顔のロクシーヌやサイレンも事の推移を見守っている。

「ケンカ……」

「うん、ケーナおねーちゃん大丈夫かな？」

子供たちの心配をよそにロクシーヌは擦れた声で呟いていた。

「この村が滅びそうなシチュエーションね……」

この中で唯一青い顔をしているロクシーヌの言葉が、二人の脅威度を正確に表している。

一一〇〇レベルを超える二人が本気でぶつかり合えば、この近辺は瞬く間に死の荒野と化すだろう。

「お止め致しましょうか？」

いつの間にか背後に佇《たたず》んでいたサイレンから声を掛けられ、子供たちは飛び上がって驚いた。

主と同じく悪戯《いたずら》が成功したような笑みを浮かべたメイド長は、静かにルカの命令を待っている。その向こうでは最強二人による舌戦が加速していた。

「そっちこそ、毎回毎回最後は力技で吹っ飛ばすことしかできぬ癖に。少しは頭脳戦とかやったらどうじゃ？」

「オプスみたいに長く生きてませんですよーだ。経験が浅くて悪かったですねー。おっさんの領域に突入しているおっさんめ」

「誰が年寄りじゃと、この小娘め！」

「いまどきの小娘は小娘なりにしぶとく太く生きてますよー。モグラになっていたロートルは引っ込んでいなさい。寝てばっかりいたせいで更年期障害を患ったんじゃない？」

「ハッハッハ。寝てばかりいたのは貴様じゃろう。漸く栄養が行き渡り過ぎてぶくぶく太ったんじゃろうが」

「ちょっ、何処を見て横に体積が増えたと思うのよっ！　これでもシャイニングセイバーには軽すぎるって言われたんだからー！」

「くっ、もう他に男を作ったのか⁉　この尻軽め！」

「男イコール恋人と結びつけるのがおかしい。アンタは私の親か！　これだから古代生まれはダメなのよ」

「艶羽根を失った老カラスじゃと⁉」

「誰もそんな単語を出してないわよっ！」

もはや只《ただ》の子供の口喧嘩《くちげんか》である。

結局ルカからのお願いでサイレンが出動する前にマレールのお盆が飛んだ。

「肴二人が騒ぎを起こしてどうすんだい。いいからこっち来てここにお座り」

「「肴扱いっ⁉」」

二人の実態レベルを知っているロクシーヌだけが沈静化するまで心臓バクバクの状態だったと言っておこう。

ロクシリウスは厨房の中で皿洗いをしていたので、この騒ぎにはノータッチであった。

サイレンだけは「いつものことですので」と言って冷静さを失っていなかった。


オプスの歓迎会から一夜明けた日のことである。

歓迎会にはサイレンも含まれていたのだが、当人は「自分はご主人様の付属品オプションですから」と言い張っていた。

実のところ肴にならないよう、秘《ひそ》かに気配を消していたようである。危機察知能力は素晴らしいが、主を助けようとしないところが従者の枠から外れている気がする。

彼女については村の若い衆が内密で祝っていたらしい。

未婚の女性が増えたことは、彼らにとって喜ばしいことではあるのだが、その女性が結婚相手を探している訳ではない、ということには気付いていないようだ。

朝食が終わった後ですぐ、ケーナの部屋にオプスと二人で閉《と》じ籠《こ》もる。

内密の話なのでルカも部屋には立ち入り禁止だ。

取り次ぎはサイレンのみにして、ケーナはオプスと一対一で向き合う。

今回の話し合いは、旅の間に出てこなかった部分についてである。

ケーナが思い出したのは、コーラルとシャイニングセイバーが噂で聞いたという『ゲーム中に死人が出た』の件である。

オプスの企画から鏡財閥《かがみざいばつ》が財源となってゲーム会社が設立されたのはいいとしよう。もう過ぎてしまったことなので、ここで愚痴っても過去は変わらない。

桂菜《けいな》の父親は鏡本家の者だが、結婚したことで分家筋に入ることとなった。その両親の死後、桂菜は本家に戻されることになったのである。

そしてその本家直系の子女が鏡財閥子会社の運営するゲーム中に死亡した、なんて事実が出回れば、叔父《おじ》も色々と痛くもない腹を探られることになりかねない。

死因の真相は、総裁の鏡優次《ゆうじ》が全力で隠そうとするはずだ。あの世界でそれを暴くような存在はいない筈である。

それでも出回る噂とは何なのか？

そっくりそのまま言葉に変えてオプスに問いかける。

「その噂は桂菜の死ではないのう。お主の死後、少し間をおいてゲーム中に昏睡《こんすい》状態となり目覚めなくなった者が出たのじゃよ。殆《ほとん》どが其奴《そやつ》らの自業自得でもあるんじゃが」

「はあ？　噂の真相は昏睡した人で、その原因は自業自得？」

「お主がゲーム末期にプレイしていれば、終了の話を聞いてこう思ったりはしないか？『ここで終わるなんて嫌だ。もっと遊びたい』とな。昏睡した奴らはその思いが人一倍強かったのじゃろう」

「思いが人の生き死にを左右するってファンタジーかっての」

「正にその場なのじゃがなぁ」

桂菜の死後。その魂を統合させるためもあって、ＶＲＭＭＯリアデイルの基礎は境界線に置かれていた。

元々ゲームの基礎舞台は地球側の仮想世界と、こちら側の夢想世界といった中間地点に重なっていたのだ。

触れたギリギリで重ね合わせるように円を描くと、重なった部分は薄いレンズ状の断面図みたいな形となる。その部分をゲームの舞台として使っていたという。

レンズ状の世界はこちら側の住民の夢へ強烈な思念波を届ける増幅器となっていた。

つまりこちら側の住人は、ゲームの世界を現実のものと錯覚するような浸食を受けていたのである。

こちらの世界の街並みや文化がゲームの世界に酷似しているのは、そういった事情も関係している。

「ムチャクチャ強引な侵略じゃないのっ⁉」

「そこは我が意図して作った界ではないからの。繋げようとはしていたが偶々じゃ」

「ゲームを作ったら他の世界と繋がっていました、って、そんな事態がそうそうあってたまるもんですか！」

「ここにあるが」

「理不尽の塊じゃない」

（まあ、繋げていたのは偶然でも何でもないのじゃが。今は言わなくても良かろうな）

「……今なんか言った？」

「ナニモイッテオラヌー」

返答自体が胡散臭《うさんくさ》い。じろりと睨むとオプスは不自然に視線を逸《そ》らした。

問題はその思念波がこちら側のみならず、ゲーム世界にも及んでいたことである。

その影響を受けたプレイヤーは個人的なデスゲーム状態に陥り、プレイヤーキャラクターとしてゲーム内に留まることとなった。

そしてリアルの肉体とのリンクが切れ、ゲームに接続していながら死亡という事件が発覚したのである。

「原因が判明しても製作スタッフにはどーすることもできん。お陰で我がゲーム内のデバッグ要員となって、捕らわれたプレイヤーを救出することとなった訳じゃ。我なら妙《みょう》な繋がりを持った連中を見分けることができるのでな」

「そんな理由だから、オプスが四六時中ゲームにいたのね」

あの頃はいつログインしてもオプスに会わない日はない程顔を合わせていたものだ。

朝昼晩とゲームで出会えば、相手のリアルの素性が何なのかと憶測を巡らせる者も多い。

ギルド内ではそんなこともあって、一時期オプスは運営の回し者なんて噂も立っていたほどだ。

「それじゃあコーラルとかシャイニングセイバーとか、タルタロスとか、最終日にいたプレイヤーが多いのは何で？」

ケーナが今まで出会ったプレイヤーの殆どが、話を聞く限り最終日にログインしていた者たちである。

盗賊の頭をやっていた奴は定かではないが。

「タルタロスじゃと？　彼奴《きやつ》もこっちに来ておるのか？」

眉を跳ね上げたオプスが、ケーナの発した人名の一つに反応する。

「セカンドキャラだったけどね。ヘルシュペルに行けば会えるんじゃない」

「やれやれ、面倒な奴ばかりが残ったもんじゃ」

オプスにとってタルタロスは、からかえば反応が面白い弄《いじ》られ要員であった。そんなこともあってタルタロスから見たオプスは、あまり顔を合わせたくない人物だろう。

最悪、オプスの顔を見て逃げ出すかもしれない。

「先程の最終日のことじゃが……」

「うん？」

オプスにしては歯切れが悪い。

苦い顔をして黙り込んでしまったところを見るに、余程複雑な事情が絡んでいるのか？　とケーナが思った時である。

「史上最多アクセスというくらいプレイヤーが溢れかえっておったのじゃぞ！　我一人で逐一対応できると思っておるならそれは間違いじゃ！　すっかり諦めてギルドの催しに参加しておったわ！」

清々しい程堂々としたカミングアウトに、ケーナはテーブルに突っ伏した。

仕事放棄暴露からすると、ケーナが出会った以上にこの世界にはプレイヤーがいそうな気がする。

「うーん……。大体の事情は分かったような分からないような……」

「これ以上詳しく言うともっと複雑になるが、それでよいなら」

「いやいいっ！　遠慮します！」

ケーナは胸の前で腕をクロスさせてバツを作る。

これ以上難しいことを説明されても、理解が到達するよりも先に知恵熱で倒れるのは確定だ。

オプスがリアデイルという世界を創造したことには素直に感謝するが、それ以外の事情が相当にうさんくさ過ぎる。

まだ何か複雑な事情を抱えているようだが、今の時点でそれ以上聞きだすのは難しそうだ。

プッと吹き出したオプスは腕を組み、感慨深く昔の桂菜と今のケーナを記憶の中で見比べていた。

「うっ……。なんか悪巧みをしたそうな顔してる」

「最初に会った時の無気力全開なお主と、今のお主を比べておっただけじゃ。他意はない。あの頃は今にも消えそうな程儚《はかな》かったのじゃが、変われば変わるものじゃなあ」

「……は？　え？　私ってば現実《リアル》でオプスに会ったことがあったっけ？」

「一度だけな、叔父《おじ》御殿《ごどの》と一緒に病室を尋ねて、リアデイルの説明をしてやっただろう。説明の途中で虚《うつ》ろな目をしていたのも、よく覚えておる」

「あ、あー。あの時、叔父さんが連れて来たスーツ着た……秘書みたい、……な、ひと……。え？　ちょっと待って、叔父さんの秘書は亜子《あこ》姉さんだからあの時一緒にいた人は違ってて。

リアディルの説明してくれて、時々言葉遣いが妙に交じったからちょっと引っ掛かっててぇ……。あ、れ？　あの……女の、ひと？」

「くっくっく、やっと気付いたか」

九頭原《くずはら》と名乗った女性と、目の前のオプスがイコールで結ばれ、ない。

「ってえええええええええええええええええええええええええっ!?!?」

第四章
気疲れと、骸骨と、野宿と、万能感

「あーうー……」

「ケーナ様？」

なんかもうグッタリし過ぎていると言った方が当《あ》て嵌《は》まるケーナが、居間のテーブルに突っ伏した。

内密の話が終わり、居間にフラフラしながら出て来たらこれである。

驚き過ぎて疲れ果てたのと、唐突な話を聞かされて知恵熱でも出そうな感じのケーナにロクシーヌは驚きを隠せない。

ぷしゅーと耳から黒煙を出している姿を見て、台所から顔を出したロクシーヌが慌てて駆け寄った。

しかし黒煙というエフェクトを作り出している時点で、ダメージはそれほどなさそうである。

【精神耐性】他、アップグレードされた耐性スキルが徐々に効果を表していた。

そうとは知らないロクシーヌは、ケーナの傍《そば》で腕組みをして平然と突っ立っているオプスを睨《にら》みつけていた。

「何をなさったんですか？」

「ケーナの望む答えを示してやっただけぞ。それを望んだのも当人じゃしな」

何処《どこ》までも上から目線のオプスにムッとして、ロクシーヌが言い返そうとした時に「はいそこまで」と間にサイレンが割り込んだ。

「ロクシーヌ。ここの台所は貴女が先達だから手早くお昼の準備を済ませなさい。あと私のご主人様に敵意を向けることは無駄な労力なのでお止めなさい。精神力の無駄遣いです」

「……はい」

しぶしぶといった態度で台所に引っ込んだロクシーヌを見送ったサイレンは、ドヤ顔をしていたオプスのつま先に踵《かかと》を叩《たた》き込《こ》んだ。

スカートの中でそうとは感じさせないように勢いの付いた一撃である。テーブルに突っ伏していたケーナだからこそ、局地的な微震を感じた。

そんな一撃を喰《く》らったオプスはというと、しゃがんで足を抱えてプルプル震えていた。余程痛かったらしい。

改めて静かに佇《たたず》むサイレンは、今の強烈な一撃を見舞ったとは思えないほど自然体であった。ただその頭の上には不自然なくらいの怒りマークが張り付いている。

どうやらオプスもサイレンに【薔薇は美しく散る《オスカル》】スキルを取得させているようである。

サイレンは居間に備え付けてある簡易お世話棚よりコップを取り出すと、水差しから水を注いでケーナの顔の横に置く。

飲料でもあるが、水の冷たさを感じられれば気分を和らげる効果も伴っている。

サイレンはケーナに熱はないか、気分が悪くないか等を聞きつつ、甲斐甲斐《かいがい》しく世話をする。

ちなみに自分のご主人様が痛みに打ち震えている姿はガン無視だ。

タイミングが良いのか悪いのか、ロクシリウスを伴ったルカが帰宅して、ケーナの姿を見るなり息を呑《の》んで青くなった。

「っ、おかー、さん！」

「ケーナ様!?」

傍に寄ったロクシリウスに場所を譲り、サイレンは一歩離れる。

「特に病気とかではないわ。気疲れ程度でしょう」

「そうですか。ありがとうございます」

隣の椅子によじ登ったルカが義母の顔を覗《のぞ》き込《こ》む。

突っ伏したままの状態でコップを頬に当てて、その冷たさで気分を和らげていたケーナの目がルカを捉える。

「る、ルカ?」

ややボーッとしていた瞳が不意に焦点を結び、ケーナはいきなり跳ね起きた。

「ケーナ、おかーさん、だいじょう、ぶ?」

「え、ええ……」

少々気怠《けだる》さの残る頭を強引に切り替えて、ケーナはルカへ笑顔を向ける。

その笑顔から少しのぎこちなさを感じたルカは、ケーナの胸に抱きついた。

一番最初に会った時のようにルカの心細さを感じたケーナは、包み込むようにして彼女を抱きしめる。

その様子を見て安堵《あんど》したロクシリウスは、親子の邪魔をしないように静かに離れるのだった。

「大丈夫よルカ。私は何処が悪いって訳じゃないから。心配かけてごめんね」

「……うん」

ケーナの服を摑《つか》むルカの手が少し震えているのを感じて頭を撫《な》でる。

親子のスキンシップはロクシーヌが昼食を作り終わるまで続いた。

サイレンは一度自分の主を廊下に引っ張り出して尋ねる。

「一体ケーナ様に何を話したんですか？」

「まあ、少しは詰め込みすぎたかと思ったんじゃが。義娘の前だと彼奴《あやつ》も元気にならざるを得ぬようじゃのう」

「ロクシーヌたちに恨まれるのは私なんですから、少しは考えてくださいまし」

「気には留めておくことにしようぞ」

少しも悪びれた様子のない主に、眉間《みけん》にシワを寄せたサイレンはそっと溜息《ためいき》を吐《つ》いた。

昼食後、使用人たちによって外へ追い出されたケーナとオプスとルカとクー。

クーは朝から窓際の日当たりのいいところに寝っ転がって、惰眠をむさぼっていた。

そこを摘《つま》まれてケーナに投げ渡されたのである。

そのせいか事態を全く理解してなかった。

だからと言って常に何かを考えているのかと聞かれても首を傾《かし》げるだけだが。

「いい天気なのですから、気分転換に外でも散歩してきたらいかがです？」と、ロクシーヌがいい笑顔で三人を玄関の外へ押し出し、扉をバタンと閉めて内側でがしょんと鍵を掛けた。

その背後でサイレンが涼しい顔で頭を下げていたのが納得いかないところだ。主が主なら従者も従者である。ケーナのところも言えたことではないが。

ケーナのローブの端を摑んだままだったので一緒に外へ出されたルカも、普段はケーナに対して控えめなロクシーヌの態度に戸惑いを隠せない。

「シーちゃん。……しめ、ちゃった」

「従者は主に似る、ウムウム」

「シィ設定したのオプスだったと思うんだけどー、したり顔で頷《うなず》くなアンタは」

ケーナはオプスの腹に肘を打ち込むと、ルカの手を取った。

「ごふっ」

大げさに痛がるフリをするオプスを視界の外に追いやって、服の端を掴んでいたルカとしゃがんで目線を合わせる。

「ルカはどうするの？　今日は一緒にいる？」

「うん。……今日は、リットちゃん、遊べない。ラテム、くんも……」

「クー、遊べるよ！」

「はいはい」

意気消沈したルカを慰《なぐさ》めようと、元気いっぱいのクーがその視界に体をねじ込んだ。

ケーナはそんなクーを優しく掴むと、ルカの肩に座らせる。

クーも誰かと触れ合っていれば大人しいのだ。飛んでいるとウザいくらいなのだが。

少し見かけた程度ではあるが、今日は幾人かの客が宿屋に泊まっているようだ。

マレールから世間話に聞いたところによると、エーリネの隊商から話を聞いてわざわざ共同浴場に入りに来る客が増えているらしい。

王都にも銭湯はない訳ではないが、とにかく料金が高いため一般人は中々入りにくい。

わざわざ理由を付けて、外郭通商道路の定期便で辺境の村を経由して行く客がちらほら、いるのだとか。

その理由もヘルシュペルに行くついでにとか、噂《うわさ》の人魚に会いに来たとか。

それを聞いてケーナはミミリィの身を案じた。

だが、ロクシリウスの話によると、人攫《ひとさら》いみたいな奴らはケーナがオプスを捜しに行っている時にもう来たのだという。

マレールが宿屋で不自然な態度に気付いて忠告してきたので、ことが起きる前に捕らえることができたのだとか。

「何やら下心を隠そうとしない下卑《げび》た奴らで助かりました」

「処分するのに手間がかからなくてよかったわ」

「いや、処分!?」

にこやかにとんでもないことをさらりという二人に、ケーナは少し驚いた。

捕らえてしかるべきところに突き出そうにも、辺境の村には詰め所みたいなものはない。

一番近いのはヘルシュペルとの国境にある砦《とりで》だ。

二人も短期間村を空けるのをよしとしなかったので、旅人にヘルシュペルの関所へ向かう時に連絡してもらったのだそうな。

犯罪者たちはすっ飛んできた兵士たちに回収されていった。

以前にここを訪れたクオルケとエクシズによると、村の公共浴場は休暇を取った兵士の憩いの場になっているそうだから、彼らにとっても他人《ひと》ごとではないそうだ。

適当に罪状をでっちあげて鉱山労働に回してやると、息巻いていたとかなんとか。

「いや二人とも、氷漬けにするとか石化させるとかできないわけじゃあないでしょ？」

「村に置いてルカお嬢さまの目に映っても面倒だったもので」

「ゴミはゴミ箱にね」

何でこんな時だけ息ピッタリなんだろうと、ケーナは頭を抱えた。

次からはメールでも飛ばして判断を仰ぐようにと厳命しておいたが、あの二人が結託すると事を終えてから連絡してくるかもしれなくて、少し心配である。

他にも手動水《みず》汲《く》み機を見物に来る物好きもいるらしい。

そんな訳もあって、リットは宿屋の手伝いに駆り出され、ラテムは堺屋《さかいや》支店の小商店の店番を手伝っている。

必然的に雑用の全てをメイドと執事が取り仕切るケーナ宅では、ルカは手持ち無沙汰になってしまうのである。

どちらにしろフェルスケイロの西側外郭通商路はまだ通行止めのようだ。

二国の騎士団合同で討伐に向かい、盗賊団の残党を無事に捕らえるか倒すかしたのはいいけれど、今度は街道周辺の荒れを治めないといけないらしい。

盗賊団が好き勝手に荒らしたせいで、街道を定期的に掃除する冒険者ギルドの依頼が滞り、魔物の被害が馬鹿にならないのだという。

ヘルシュペルを目指す旅人や隊商は、両国の王都を繋《つな》ぐ内側通商路（有料）か、辺境の村を経由する東側の外殻通商路を使うしかない。

何もない道をひたすら進むよりは、補給もできて話題の風呂もある東側の外郭通商路を通る方が得策だと考える人もいるのだろう。

スルーされたので痛がるフリを止めたオプスは、ケーナに「ごめんね」と謝られた。

この場合の謝罪は殴ったことに対してではないはずなので、意味が分からずにスキルで頭上にクエスチョンマークを浮かべてみる。

「どうせならオプスの冒険者登録とかも済ませておきたかったんだけど。私もお母さんを頑張らないといけないしね」

「ルカがいても不都合はないであろう？」

「パーティ組めないから、一瞬で行き来するってこともできないじゃん。召喚獣で飛ぶにしろ人目もあるし……」

「そうか、ＮＰＣに対して強引にパーティを組めるようなスキルも入れるべきであったな。まあ今の状態であればそれも解決できるの」

「いや、入れる入れないじゃなくて本人の承諾も必要でしょう。あれ？　ちょっと待って。もしかしてこの前貰《もら》ったアップデートって？」

「うむ、気付いたか。対応しているのはお主と我だけじゃ」

がくーっと肩を落とすケーナ。しかし娘の前なのを思い出し、慌てて背筋を伸ばす。

幸か不幸か本人は、話の内容にはついていけてなかった。

ケーナ自身も子供の頃から病弱だったので、読書か室内で遊べる電源が必要なゲームくらいしか遊び方を知らない。子供と遊ぶといっても、アウトドアに関しては殆《ほとん》ど素人《しろうと》である。

辺りをぐるりと見渡し、青空を見て自分の塔に思い当たってから漸《ようや》くその存在を思い出す。

アイテムボックスから所有している中のひとつ、守護者の指輪を取り出してオプスに差し出した。

「うん？　なんじゃこれは？」

「オプスの塔の指輪よ。本人がいるんだから私が持っていてもしょうがないでしょ」

「おお、そうか。そう言えばそうだったの。預かってくれて感謝する。お礼といっては何じゃがコレをやろう」

ケーナの手から指輪を受け取ったオプスは、ついでとばかりに違う色で同型の指輪を彼女の手に落とす。こちらの指輪は濃い緑色をしていた。

嫌な予感に眉間にしわを寄せたケーナは、しぶしぶ聞き返してみる。

「……ちなみに聞くけど何処の指輪よ？」

「九条《くじょう》の亀大陸じゃ」

「ああ、くじょーの……ってえっ！　もしかしなくても亀騒動はあんたのせいかっ!?」

「うむ、少々確認したいことがあっての。まあ、まかり間違っても人々に害はない策だから安心せい」

「いやいやいやいやいや、そのセリフ何回目？　むしろとっても不安！　ココの人たちを危険に晒《さら》さないって断言できる？　むしろ断言した方が不安かもっ!?」

「時々思うんじゃが、そのいちいち反語にするのはお主なりの冗談なのか？」

「ア・ン・タが！　そう言って毎回毎回毎回毎回惨劇を引き起こすからでしょーがっ！　国同士の戦闘中にイベントモンスターのリポップを起動させたのは何処の誰よ！　国同士の戦闘どころじゃなくなって、後で紫国だけじゃなくて青国と白国も含めたプレイヤーからの苦情で公式掲示板がパンクしたでしょーが！　あの後、ウチのギルドの肩身の狭さといったらなかったでしょーにっ！」

「まあ、落ち着け。お主も当事者だったろうに。それにほれ、ルカがびっくりしておるぞ」

「……あ」

どーどーとなだめるオプスの発言で我に返ったケーナが手を繋いでるルカを見ると、ポカンと口を開け目を丸くして見上げている顔があった。

普段ケーナ家で口やかましくモノを言うのは喧《けん》嘩中《かちゅう》のロクシーヌたちくらいで、ケーナがここまでアグレッシブな言葉を発するのはルカにとっても初めてのことである。

「あ、あああの、ご、ごめんねルカ……。びっくりした？　ルカに怒ってる訳じゃないからね？」

「う、……うん」

真《ま》っ赤《か》になってうろたえながら言い訳をするケーナに頷いて、ルカはギュッと彼女の腰に抱きついた。

特に怖がられている様子もなさそうで安堵したケーナは、そっとルカの頭を撫でた。

ついでにゲームだった頃と変わりのないオプスとのやり取りに「はー」と溜息を吐《つ》く。

どうもこの悪乗りで人を弄《いじ》り過ぎる魔人族と話していると、相手のペースに乗せられてしまうきらいがある。

勿論《もちろん》、チェシャ猫のようなニヤニヤ笑いを貼り付けたオプスを睨みつけながらだ。

「お主、こちらでは随分と猫を被っておったようじゃな」

「お陰様で。やっと以前の調子に戻れそうよ、まったくもう……」

以前のような状態がいいのか悪いのか、判断しきれず困った顔で笑う。

その笑顔から再び会った直後の時みたいな硬さが消えているのを認めたオプスは、ケーナの腰にしがみついていたルカの頭を撫でる。

何故《なぜ》撫でられたのか分からず、ルカは不思議そうな顔をオプスに向ける。

「ルカはケーナが好きか？」

「うん。ケーナ、おかーさん、……だから」

「そうかそうか」と頷いたオプスは返却された指輪を指にはめた。

感極まったケーナに博愛固めを受けているルカを、その抱擁《ほうよう》からするりと引っこ抜いてやる。

抱きしめている側にもそうと感じさせない離れ技に、ケーナも一瞬呆《ほう》けてしまう。

「ちょっとー！　親子のスキンシップを邪魔しないでよ」と吠《ほ》えたケーナがオプスからルカを奪い取る。

ケーナの必死さにケラケラと笑ったオプスは、自然な動作で二人一緒に胸の内に抱え込む。

男性からのそういった行動に免疫のないケーナが簡単に真っ赤になる。

「な、ななな、ちちちちょっと、なにする……」

「じっとしているがいい。【乱世を守護する者よ、堕落した世界を混沌《こんとん》より救済せしめ給え】」

「おぷすううぅ!?」

驚いたケーナが素っ頓狂な叫び声をあげる。

「？」

同時にきついくらいに抱きしめられたルカが、ケーナの焦り具合に顔を跳ね上げる。

ルカの肩ではしゃいでいたクーがほんのりと光っていたことには、この時は誰も気付いていなかった。

オプスのキーワードと共に周囲の光景が一変する。

突如として地中から突き出るイオニア式の石柱がぐるりと周囲を取り囲み、現在見えている空が一面の星空に変わった途端、足元が消失する。

三人が纏《まと》まったまま、ワイヤーの切れたエレベーターのようにその場から急落下。

丁度通りかかった村人には三人が靄《もや》に包まれて消失したように見えた。

ケーナが不意に姿を消すのが当たり前の光景になっている村人からしてみれば、「ケーナちゃんもまた何処か行ったんだべなあ」という感想だけでその場を離れる。

「いや、慣れすぎだろう……」

その光景を窓から見ていたロクシリウスは、誰にともなく突っ込んだ。

一方、悪意と殺意の館の内部マスタースペースへ強制転移されたケーナたち四人。

「げ」と顔色を変えたケーナがルカを抱え【浮遊】を掛けた瞬間、周囲が村内とは全く違う光景と化した。

神殿残骸跡地に薄緑色のフィルターの掛かった光景に切り替わり、ふわりと着地した二人。

オプスは落下速度を緩めることもなく、瓦礫《がれき》の中へ優雅に着地する。

周囲が一変したことに驚くルカが先程と変わりなく腕の中にいることにケーナは首を傾げる。

パーティを組んだ覚えもない人物が転移した時にハブられず、一緒にいることができたことが疑問だったからだ。

「跳んだー。変わったー」とはしゃぐクーがふわりと飛び上がって、ルカの腕の中に着地する。

ルカは突然変わった周囲の風景に目を見開いていた。

「クーちゃん。ここ、どこ？」

「知らなーい」

転移したことが分かっているのに、自分が最初に目覚めた場所のことは忘れているらしい。

平然としているオプスも含めた四人に、横合いからつまらなそうな声が投げかけられた。

『これはこれはマスターではありませんか。この塔を破棄したくせにどの面下げて戻って来られましたの？　それに……、何時《いつ》ぞやのしょんぼりハイエルフと人族の小娘と羽虫まで一緒に連れて、何の用ですの？』

「ひっ⁉」

扇子で口元を隠しながら空洞な眼窩《がんか》の横顔をチラつかせる骸骨が現れた。

悪意と殺意の館。スキルマスター№13のオプスの塔の守護者である骸骨の王である。

正式な名称はケーナも知らない。

それを見たルカは、小さな悲鳴を上げてケーナにしがみつく。

ケーナ自身はこの守護者を骨格標本くらいにしか思っていなかったので、ルカの一般人としての反応が少し新鮮であった。

ルカを優しく抱きしめ、頭を撫でながら声を掛けて落ち着かせる。

「大丈夫、大丈夫よルカ。彼女は貴女に危害を加えるものじゃないから、大丈夫よ。落ち着いて、ね？」

「…………ぅ」

落ち着いてはくれたが直視はしたくないようだ。ケーナにギュッとしがみついて離れようとしない。

『その辺のスケルトンと同一にされるのは我慢がなりませんが……。まあいいでしょう』

手に持ったゴージャスな扇子をパンと開いて、憮然《ぶぜん》としたように肩をすくめる骸骨の王。

気を遣ってくれたのか、元いた場所の玉座の隣まで移動してケーナとの距離を取ってくれた。

骸骨ではあるがその動作は優雅としか言いようがない。

「いやいや、苦労を掛けるの」

元々の原因はオプスなのでジト目を向けるが、本人は意に介さず守護者の方へ近付いた。玉座を調べて残りの魔力を確かめると、手持ちのMP《マジックポイント》を限界まで注ぎ込む。

「何か異常はあったか？」

『些細《ささい》な出来事でしたら。そこのしょんぼりハイエルフに魔力補給して頂きましたので、館の入り口を開放致しましたの。粗野な連中が一〇人程不法侵入致しまして、入り口で全滅致しましたわ。二桁レベルにも行かない腕前でこの館を攻略できるとでも思ったのでしょうか。頭の足りないお馬鹿さんですわね。オーッホッホッホッホッ！』

扇子で口元を隠しながら高笑いする守護者。

おそらくその粗野な連中というのは盗賊団の生き残りか何かだろう。

悪意と殺意の館は、入り口にこの中に踏み込むことの危険性を知らしめる看板が立っている筈《はず》だ。

そこを読まずに中に踏み込もうなどとは、余程命が要らないとみえる。

「今の世は全体的に昔《ゲーム》より実力が低下しておるようだからの。三桁レベルの者が来訪するまで館の入り口は閉じておけ。放っておくと掃除役の餓鬼共も仕事が多すぎて、てんてこまいになるであろう」

本来のスキルマスターの命令に『仕方ありませんわねぇ』と従う骸骨守護者。

やはり守護者には代理より、本来のスキルマスターがいるほうがいいのだろう。

フェルスケイロの王都の闘技場の守護者や白鯨《はくげい》の守護者たちに、ケーナがスキルマスターとなって収まっていることが申し訳なく思えて来る。

それはそれとして、ケーナは密着したらルカごと跳べてしまった事に胸を撫で下ろした。

守護者の指輪はそれを所持する特定のプレイヤーを、キーワードで指定された座標にどんな遠くからでも転移させるアイテムである。

これでできるのなら、通常の転移も同様のことができてしまうという証明に他ならない。

懸案事項の一つがあっさり解決してしまい、それが止める間もないオプスの行動によるものだったのがケーナを疲れさせている原因である。

「外でも散歩してきたらって、外は外でも村の外じゃないのよ……」

「あっさりと戻れることが判明したであろう。そう急くでない」

転移事故でも起こったらどうする気だったのか。オプスの確信犯にも程がある言い草にもう文句を言う気もおこらない。

怒りに任せて突っ込んでしまえばルカをびっくりさせてしまうので、とりあえず自制する。

実際の所、ゲーム中の転移事故は、ゲーム世界側に干渉したこちら側からの歪《ゆが》みが原因であった。

不安定な二重世界がどれだけ危ういか、当時のスタッフは誰も気付いていなかったらしい。

その歪みもオプスが逐一消していたので、徐々に忘れ去られていたのだという。

ゲーム世界が消失した今、こちらに来ている現状では起こる筈もないと二人が気づくのはずっと後のことであった。

何はともあれスケルトン、ゾンビといったアンデッドはルカのトラウマの元である。

硬直してしがみつくルカのことも考え、「外へ……」と言い掛けたケーナの視界が瞬時に切り替わった。

「外～」

緑色の光を纏ったクーが声を上げる。

ルカは腕の中にいたクーが緑色の燐光《りんこう》を纏っていることに酷《ひど》く驚いていた。

出現した場所は湖の小島にある守護者の塔、その館の全景がよく分かる外周の水辺である。

やや間を置いてケーナの脇にオプスが空間からにじむように姿を現した。

辺りは緑生い茂り、水分を含んだ空気がベタつく湿地帯。西の空を見上げれば青の端に赤みが掛かっているのが分かる。

【鷹目《たかめ》】スキルも使用すれば、遙《はる》か遠くに何とか見えるヘルシュペルの王城の尖塔《せんとう》と巨大な風車。

直線距離で行けば、前回盗賊団対策で作られていた砦より、悪意と殺意の館の方が王都にはより近い。

周囲に湿原や湖が多いせいで道を通すことができないため、観光するには遠回りをするしかない。

観光地と言われながら、寂れているのはそんな理由だ。

神秘という言葉が似合うせいで物見遊山気分で近付く者が多いのも確かだ。

「ほら、ルカ。もう大丈夫よ、怖いのはいないから」

「……ここ、どこ？」

ぼんやりとクーを見ていたルカが、ケーナの声に我に返る。

「ヘルシュペルの近くね。村のずっとずーっと西の方よ」

ポンポンと軽く背を叩き、周囲を見るように促す。

目を見開いたルカは光景の変わりように驚き、キョロキョロとあちこちを見渡していた。

無理もない。見慣れた村の中から廃墟《はいきょ》の跡地まで跳び、最終的に湿地帯になれば自分の置かれた環境に戸惑うだろう。

ルカのためにもここからヘルシュペルかフェルスケイロの王都まで転移してもいい。

一番いいのはまた辺境の村の方へとんぼ返りすることだ。

早急に宿の確保をすることが大切なのだが、それだとオプスを置いていくことになりかねない。

正直に言ってしまえば先行してもいいと思う反面、目を離すと何をしでかすか分からないので、目の届く範囲に置いておきたい。

なので今日はこの付近で野宿確定だ。

「……にしても、湿地帯じゃ野宿し辛いから少し動くしかないわ」

「先に行っても良いんじゃぞ？　遠慮なく置いていくがいい」

「却下。オプスを放置するとこの国に悪い気がするから」

「……なにやら遠回しに悪口を言われたような気がするのう」

遠回しじゃなくて、直接嫌味を言ったつもりなのだがオプスには通じてないようだ。

ケーナは召喚魔法《サモンマジック》で【炎精霊】と【雷精霊】を喚《よ》ぶ。

強度が一なので、出現したのは二匹とも大きさは子犬程度である。炎の子猿と雷の子獅子《こじし》だ。

ちょろちょろと召喚主であるケーナの足元に付いて回り、そのデフォルメされたような可愛《かわい》さにルカも顔をほころばせる。

マスコット的な癒《い》やしがある容姿ではあるが、その辺の冒険者を遥《はる》かに上回る一一〇レベルの精霊獣だ。

ルカを怖がらせないためにと喚び出しはしたものの、周囲を明るく照らす炎の揺らぎと雷の閃光《せんこう》は一般人には手を出しにくい。

それでも警戒心は薄れたようで、移動している最中、ルカの視線は二匹に釘付《くぎづ》けであった。

「クーがいるのにー！」

何故かクーがお冠で、ケーナの頭をポカポカと叩いて抗議をしていた。

自分がマスコットだと主張するのは構わないが、実力的に見てマスコットと言い張るのは無理がある。


林の開けた所に移動して、野営地と決めた。

途中、いきなり姿を消したオプスは薪《まき》になる枯れ木を集めて戻ってきた。

それを炎の子猿がちょんと突《つつ》いただけで火が付き、焚《た》き火《び》となる。

呪結界《まじないけっかい》はケーナたちプレイヤーには使えないので、『自分たちを害する対象を排除』という設定の【遮断結界】を巨大なドーム状に展開した。

アイテムボックスから食事の材料を取り出したケーナは調理をオプスに任せ、ついでに引っ張り出した毛布をルカと自分に掛け、オプスにも渡す。

特に毛布が必要なほど寒い気候ではないが、あるのとないのとでは気持ち的にも違う。

ベッドとなるような存在を呼び出そうと思ったが、誰かに目撃されるとそれだけで騒ぎになりそうなので中止した。

実のところ、ケーナのアイテムボックスにはベッドが常備されているのだが、野宿で使うことを非常識と感じる自分がいるので、そちらも取り出すことを止めた。

「アイテムボックスの中に野営に使える道具とか入れといてよかった。怪我《けが》の功名って言うか、殆どオプスのせいだけど！」

「なんかやたらと怒りっぽくなっておるの」

「ルカまで巻き込むからでしょう。……ったくもう！」

オプスがその辺の木から即席加工した桶《おけ》に【潤う水《オウタ・レスト》】（容器を満タンにさせる湧き水の魔法。主にダンジョン内の湖や池等を作るのに用いられる）で水を満たす。

コップで水を汲んでも減らない桶を覗き込んだルカは、真上から覗き込んだり、ちょっと零《こぼ》してみたりして興味津々だ。

その足元では炎の子猿と雷の子獅子が取っ組み合いをしてじゃれている。

うずうずとそれに混ざりたそうにしているクーをケーナは止める。

「クー、怪我するよ」

「えー！」

不満そうに抗議の声を上げるクーをルカはそっと捕まえていた。

「いっしょに、ねよ？」

「うー……」

ちらちらと召喚獣の二匹を恨めしそうに見詰めるクーと一緒に、ルカは毛布にくるまる。

何が楽しいのか、ルカたちをニヤニヤと眺めながらオプスは余裕の表情で料理を作り上げていく。

「ルカに何かあった？」

「お主本当に気付いておらんのじゃな……」

「何がよ。オプスはもう少し人に分かりやすい話をしてくれるとありがたいんだけどね」

「善処しよう。ついでにスキルを使うばかりでなく、お主も料理を覚えたらどうじゃ？」

「【料理技能《クッキングスキル》】使う方が面倒がなくて……」

「いや材料をバカ食いする上に、こちらで見たことのない料理ばかりになるじゃろうが。悪目立ちしとるから気を付けるのじゃぞ」

「げ、マジ？」

後悔しても既に結構な人数の前で使ってしまった後だ。

炎《ほのお》の槍傭兵団《やりようへいだん》の皆やエーリネたちは黙っていてくれるだろうが、宿の女将《おかみ》さんたちは大丈夫だろうか？

ケーナの見ていないところでエーリネが宿屋に手を回してくれて、口止めをお願いしているとは知らないのであった。


丸く青白い月が夜天を象徴するように、幻想的な光を大地へ降り注ぐ。

全てを照らすとは言いがたいが、ケーナたちが野営地に選んだここには枝葉にさえぎられて優しい光もほんの微《かす》かにしか届かない。

普通の旅人であればここまで無防備な野営はどうかと思う。

だが今は鉄壁の守りが敷かれているので、彼らを害するには同じようなスキルマスターを連れてくるしかない。

燃える物がなくなった焚き火は既に炭だけと成り果てたが、中央には勢いよく炎を立ち上らせる炎の子猿の精霊獣がキッとした瞳で周囲を睨みつけていた。

まあ、その容姿が幼いせいで威嚇も威厳も見事になくなっているという。

ついでに雷精霊子獅子もピンと伸ばした尻尾《しっぽ》を立てて、炎の子猿を中心としたケーナとオプスの周囲をゆっくり見回っている。その身から発するスパークが寝ている者の眠りを妨げないように距離を置いて。

しかしこちらもその幼い容姿のせいで黄色いぬいぐるみのようにしか見えない。

こんなのでもクロフィアクラスの冒険者を一蹴できる強者である、一応念のため。

「ルカも一緒に跳べて良かった」

ケーナの腕の中でルカは毛布にくるまってすやすやと眠る。クーも最初は一緒にいたのだが、ルカが寝付くと同時に毛布の中から飛び出してきてしまった。

「クーがサポートしておったじゃろう。気が付かんかったのか？」

焚き火跡、いや炎の子猿精霊獣を挟んで反対側に座るオプスから、呆れたような視線が向けられる。

「え、クーが？」

「クー頑張った」

驚いたケーナが目を向けると、クーは空中でえっへんと胸を張る。

「本来ならお主が意識さえすればルカをパーティに加入させるのも容易な筈じゃ。お主の中にはゲームのシステムが丸ごと入っているのじゃぞ。ゲームのルールを逸脱はできんが、ルールの範囲内であればお主の望みをそれが叶《かな》えてくれる」

「……と言われても、未《いま》だに何をどう意識すればいいのか分からないのよね」

指摘されても魂と同化している物すら感じられない現状である。使えと言われても戸惑うくらいしかできない。

「そうじゃなあ。パーティ構築画面を開いて、ルカでも入れてみるといい」

「ええと、パーティ画面、パーティ画面と……」

幾つかのウィンドウを開いてパーティ構築画面を表示させる。現在のパーティメンバーはケーナとオプスだけであった。

そこから先はどうすればいいのか分からず、思考が停止してしまう。

無言になったケーナに溜息を吐《つ》いたオプスは、助け船を出すことにした。

「そこからは念じるなり口にするなりして、ルカの加入を促してみるといいじゃろう……」

「え、あ、うん」

まずケーナは念じる方法で試してみる。目を閉じて「ルカのパーティ加入」と二〇回程繰り返して念じてみたが、目を開くとウィンドウにオプスとケーナ以外の名前はなかった。

次に言葉にして「ルカとクーのパーティへの加入」と言ってみたところ、ウィンドウにはケーナ・ルカ・クー・オプスの文字が並ぶ。

「あ、入った」

「うむ。これが無意識ですんなり行けば、使いこなせたとするのじゃがなあ」

「仕様のいろはも分からないのに無理言うな」

本来であればタッチパネルのような使い方でパーティメンバーを誘うのだが、そっちに切り替えた場合ではルカとクーは表示されない。

プレイヤーだけを選択することしかできないのは、本来の仕様なのだろう。

試行錯誤を繰り返している最中にふと顔を上げると、炎の子猿の向こう側で愉快そうな顔のオプスが目に入る。

「……なんか楽しそうね」

「お主が百面相しながら四苦八苦している姿が滑稽《こっけい》でな」

「見せもんじゃないんですけどー」

途端に仏頂面になるケーナに、オプスは肩を震わせて笑っていた。

一々反応すれば相手の思うツボなので、そこからのケーナは表情を消してステータス画面と格闘していた。

オプスを意識の外側に置いていたので気付かなかったが、反対側で片膝を突いた姿勢のオプスはやたらと真面目《まじめ》な表情で毛布に包《くる》まる二人とケーナを見ていた。

その瞳に浮かぶ感情は、保護者が子供を見守るソレに近かった。

第五章
詰問と、再会と、更生と、後日

「隠すとためにならんぞ！」

「隠してはおりません。不在ですと申し上げただけです」

フェルスケイロ辺境の村の一角では一方的な怒声《どせい》が上がっていた。

ケーナ家の門前では声を荒らげ押し通ろうとする騎士と、やんわりと断るメイドとの押し問答によって不穏な雰囲気が渦巻いていた。

村人も遠巻きにその光景を見つめているが、騎士が高圧的過ぎて声を掛けるのもためらわれる。

早朝の村に荒々しく騎馬で乗り付けたのはヘルシュペル所属だという騎士三名であった。

慌ただしくそれを迎えた村長の挨拶を無視して、騎士たちは「ケーナとかいう冒険者はどこだあっ！」と怒鳴ったのである。

念のためとその場に顔を出していたロクシリウスが「ケーナ様なら私の主です」と言って、村人へとばっちりが行く前にヘイトを引き受けた。

何処《どこ》までも上から目線な騎士たちが突然の訪問に対する礼儀も弁《わきま》えていなかったので、温厚なロクシリウスも爆発寸前であった。

その場に駆け付けたロクシーヌが、相手の高圧的な態度にカチンと来て爆発するより早くサイレンが割って入り、先程のような問答が繰り返されることとなった。

その間、サイレンより指示を受けたロクシリウスが騎士たちの目を盗んで村の家々を回り、手を出さないようにお願いしたのである。

ケーナから「村に何か起きた時は守ってね」と言われている身としては、とっととくだらない輩《やから》を排除したいのだが、今のところはサイレンによって待ったが掛けられている。

「我らはヘルシュペルを治める王の命令で来ているのだ。使用人風情が逆らうことなどおこがましい。さっさとそこを通せ」

「貴方方《あなたがた》がお捜しのケーナ様は、今現在こちらにおられないと申し上げたはずです。それなのに家の中を検《あらた》めるというのは何事ですか？」

「さっきから言っているだろう！　これは王命なのだぞ！」

「王命なのは分かりますが、この村はフェルスケイロに所属しております。それならばまずはフェルスケイロの王様を通すことが先ではないですか？」

「何を世迷《よま》いごとを。高貴なる方の命令なのだぞ。平民は『はい』と言って従えばいいのだ」

正直、似たようなことしか言わない騎士たちの発言と、権力を前面に押し出しての無理矢理な態度に、温厚なサイレンも腹の中に黒いモノが溜《た》まっていた。

逆に最初こそ爆発しかけたロクシーヌとロクシリウスではあったが、今はサイレンがブチ切れそうな雰囲気を纏《まと》っているのに戦々恐々としている。

そもそも、相手が高圧的で礼儀を知らない態度であっても、ここは彼女たちの敬愛する主の居城である。

ちっぽけな家だということは関係ない。

留守を預かる身としては、たとえ相手がどんな人物であろうとも、礼儀を欠く対応だけはしたくない。

自分たちが対応を間違えて「メイドの主人は大したことがない」と思われることだけは我慢がならないのだ。

悶々《もんもん》と鬱屈した心を封印し、涼しい顔で馬鹿騎士三名の相手をしていたサイレンに朗報が舞い込んだ。

主《あるじ》であるオペケッテンシュルトハイマー・クロステットボンバーからのメール通信である。

そこには短く『守護者の塔まで移動。ルカとクーとケーナも同行。ヘルシュペルに寄ってから戻る』と短く記されていた。

できればそういった連絡は村を離れた直後に貰《もら》いたいところではある。

サイレンは、主が戻った後に幾らでも文句をぶつけることにして、現在の状況を簡潔にオプスへ伝えた。

直ぐに『ケーナには伝言した。そちらの対処は任せる』と返って来る。

ようやく眼前の敵を排除できる喜びに打ち震えたサイレンは、そんな心を鉄壁の無表情で隠し、最後通告をウザ騎士三名に突きつけた。

「今、我々の主から連絡がありました。ケーナ様はヘルシュペルにいるそうですので、城には直接向かうそうです」

「嘘《うそ》も大概にして貰おう。我々と相対しているキミがどうやって連絡を取ったというのだね？　猿芝居もいい加減にしたまえ！」

今ここにケーナとオプスのメイドをよく知るものがいたならば、胸の前で十字くらいは切ったかもしれない。

プログラムという枷《かせ》を外されたメイド二名と執事一名は、自由意志《フリーダム》な思考を得て、主の命令を都合の良いように書き換えることができる。

オプスの伝えた『～そちらは任せる』は三人（特にサイレン）にとって、『ケーナ様を呼び出す目的は済んだのだから使者は不要』という意味に変換された。

相手が国に仕える騎士だからとか、権力持ちだとかは紙切れ同然に無意味である。

空気の読めない騎士たちは目の前の格下だと思っていたメイド＆執事から、怒濤《どとう》のように向けられた威圧感に硬直した。

サイレンたち召喚メイドは召喚者の持つ技能《スキル》数から、十分の一を使用することができる。

大半を日常生活で使える技能《スキル》で埋めているものの、戦闘に使える技能《スキル》も少なくはない。

四〇〇もあれば、奉仕に使うスキルを取っても余りある。

「とりあえず殺さないように。人死にはややこしいことになりかねませんからね」

「分かっております」

「生かさず殺さずですね。承知しております」

「貴様ら！　抵抗するか！」

三人足してもメイド一人のレベルに到底届かない。

碌《ろく》な強化付加もないなまくらな剣一本で五五〇レベルの強者に立ち向かっただけ、勇者と言えるかもしれない。

但し、頭に無謀と付くが。

数十秒も経《た》たずに、騎士たちの哀れな悲鳴が三重奏で村に響き渡った。

尚《なお》、この悲鳴を聞いた村人たちは、ケーナ家のメイドと執事が村の用心棒も兼ねているのを熟知していたので、迂闊《うかつ》な侵入者たちには当然の報いだと知らんぷりを決め込んだ。

「こいつらどうします？」

「その辺に捨てておくと、いつの間にか地獄に旅立っていそうで危険ですね。念のため首だけ出して埋めて、頭にバケツでも被《かぶ》せておきましょう」

「了解です」

こうして村の入り口の隅にひっくり返ったバケツが三つ並ぶことになる。

時折呻《うめ》き声《ごえ》を上げるので、村人たちは絶対に近付こうとはしなかった。

命を奪うことが本意ではないので、サイレンたちは水だけ与えていた。ただ三日も放置されるとバケツが謝罪の言葉を垂れ流し始めたので、サイレンは彼らを解放してやるのだった。


野宿で一夜を明かしたケーナたちは、ヘルシュペルへ向けて動き出していた。

陽《ひ》の昇る前から動き出し、炎と雷の精霊獣を送還する。

「ヘルシュペルへ向かうけど、いいよね？」

「好きにするがいい。都市に好き嫌いはないからの」

「ならいいけど。問題は起こさないようにね」

「お主は我を何だと思っておるのじゃ？　そうそう問題など起こさぬわ」

オプスとケーナはなるべく人目に付かないコースを選んで、【飛行】を使って移動することにした。

目撃されれば騒ぎになると分かっているので、なるべく低空飛行で移動する。

召喚魔法《サモンマジック》でクリーチャーを呼び出そうかとも思ったのだが、目撃された時の騒ぎが大きくなるため【飛行】の方がまだましだ。

途中、速度と高度に目を回したルカのために休憩を取る。

その最中、オプスがサイレンに連絡を取ったところ、『ヘルシュペルの騎士団からケーナ様に召喚状が出ている』との知らせを受けた。

勿論《もちろん》、その知らせを届けに来た騎士たちが辿《たど》った末路などを知る由もない。

「騎士団？　ケイリナが用事なのかな？」

「国家権力に肩入れすると碌なことにならんじゃろう」

「国家権力に関係があるわけじゃないし。ケイリナは孫だからね。私も血縁関係がどうなっているのか知らないけど」

「孫じゃと？」

「里子に出したマイマイの娘らしいのよ。騎士団に勤めてるからそっちかなって」

「ふむ、里子か。我のはどうしておるかな？」

「オプス、里子に出してたのいたんだ……。ちょっと見てみたいかも」

「さて、何だったかのう。全く記憶にない」

「それはそれで酷《ひど》っ」

「里子はこの際置いておくとして、呼ばれておるのはどうするんじゃ？」

「いきなり騎士団詰め所まで行って話が長引くとマズいから、先に宿屋は確保しておきたい。ルカもいるし」

「ふむ、よかろう」

前回訪れた時にエーリネの隊商と泊まった店に赴《おもむ》いたところ、見知った人たちと鉢合わせをする。

「よお、嬢ちゃんじゃねえか。こんなところで会うなんて奇遇だな」

「これはこれはケーナ殿ではありませんか。ルカ嬢も一緒ですか。珍しいですね」

「アービタさんにエーリネさん。こんにちは、ご無沙汰しています」

「こん、にち、は……」

ケーナと手を繋《つな》いだままペコリと頭を下げるルカに、エーリネたちもにっこり微笑《ほほえ》む。

だが次に目付きをがらりと変えたアービタの訝《いぶか》しげな視線は、ケーナの後ろにいたオプスへ向けられた。

只者《ただもの》じゃない長身の魔人族に、警戒レベルを最大に上げる炎《ほのお》の槍傭兵団《やりようへいだん》団長。両者の間に火花が散ったのは気のせいではないだろう。

しかしオプスはケーナからこの世界での交流を一通り聞いていたので、敵愾心《てきがいしん》を向けた訳ではない。睨《にら》まれたから睨み返しただけだ。

ついでに幾つかの【能動技能《アクティブスキル》】まで立ち上げて、挨拶代わりに強烈なプレッシャーをピンポイントにアービタへ叩《たた》きつけている。

オプスにとっては悪ふざけの程度だが、尋常じゃない重圧を食らったアービタは、だらだらと滝のような冷や汗を流して硬直してしまった。

「!?　ちょっとオプス！　アービタさんに何をしているの？」

「ちょっかいを掛けられたから返しているだけじゃが」

「アンタのちょっかいは洒落《しゃれ》になんないでしょうが。今すぐ止めなさい！　アービタさん、大丈夫ですか？」

「……お、おう」

事態に気づいたケーナが割って入り悪戯《いたずら》を止めさせた時には、げっそりと憔悴《しょうすい》したアービタが出来上がっていた。

「もうオプスってば。アービタさんとエーリネさんは私の恩人なんだからね。失礼なことしないでよ！」

「分かった分かった。そう目くじらを立てんでもよい」

「紹介します。こっちはオプス。私の古い腐れ縁の友人です。ちょっと変人ですけど、悪い人じゃないので宜《よろ》しくしてあげてください」

「あ、ああ……。いや、俺もぶしつけだった、……すまん」

「え、ええ……。エーリネと申します、……何か入用でしたら何時《いつ》でも。……あのぅ、大丈夫ですか？」

「……オプス、おにーちゃん、へいき？」

「……っ！　……っ!?」

【ＳＴＲ強化】スキルに【威力増強】魔法を使用した肘打ちを無防備な鳩尾《みぞおち》に食らったオプスは、床に転がって悶絶《もんぜつ》していた。

オプスの重圧の余波を喰《く》らって呆《ほう》けていた団員や隊商の皆が、思わず優しく心配してしまう惨劇である。

大半の者は、後ろも見ずにケーナから放たれた肘打ちの威力に恐れおののいていた。アービタを古い友人より優先したとみられてもおかしくない。

オプスが復活したのはそれから一〇分程も経った頃であった。

「うー、げほっ。苦しかったぞ……」

「甘受してしかるべき天罰よね」

突っ込み自体がハイレベルな攻撃に、それに耐えうる強靭《きょうじん》な肉体。

それらを披露した二人に団員たちは半分は呆れ、半分は羨望《せんぼう》の眼差《まなざ》しを向けていた。実は前回会った時からレベルも上がってもっと強くなったんですよ、なんて告げられたらどんな顔をするだろうか。

　エーリネの隊商はそろそろ商談を終えて旅立とうとしているとのことだ。

「堺屋《さかいや》との会合は有意義な物でした。これも全てケーナ殿と知り合えたお陰ですね」

「そうなんですか。でも私を当てにしてもケイリックは譲歩しないとは思うけど」

「ケイリック殿が辺境の村を気に掛けていることは事実です。そこを少し利用させて貰った感は拭えませんけどね」

「うわあ、エーリネさんてば相変わらず強《したた》かだなあ」

「これでも商人として、儲《もう》けの匂いには敏感なのですよ。ケーナ殿は堺屋に用事か何かがあったのですか？」

「いえ、別件です。どうもヘルシュペルの騎士団に呼ばれているようなので」

「それでわざわざ足を運んだってのか。ちっこい嬢ちゃんも連れてか？」

「ルカはまあ、社会見学ですかね。偶《たま》には他所《よそ》に行くのも勉強になりますから」

「そんなもんか？」

「アービタ殿は分かっていませんね。色々な物を見るのは、目利きをするのに大変勉強になります」

「いや、別にルカを商人にしたいわけじゃないですけどね」

雑談に花を咲かせたが、ケーナはエーリネに時間が合えば一緒に村まで行動を共にさせてもらう約束を取り付けた。

「んじゃ、嫌だけどちょっと行ってくる。ルカ、オプスから離れちゃダメよ。クーもルカのことよろしくね。エーリネさんとアービタさんも済みませんがよろしくお願いします」

「ええ、お任せください」

「嬢ちゃんは気兼ねなく行ってくるといい。無骨者たちだが、子守もできると俺は部下たちを信じてるぜ」

「「そりゃないですよ団長！」」

冗談交じりのアービタの発言に団員たちから非難の声が上がる。それもすぐに爆笑に変わったが。

「いって、らっしゃ、い」

「クーに任せる！」

「まあ、ないと思うが何かあったら連絡せよ。場合によっては城くらい吹っ飛ばして退路は稼ごう」

「物騒ね⁉」

ルカをオプスやクーに頼むと、ケーナは溜息《ためいき》を吐《つ》きながら出掛けていった。

「なんで意気消沈しながら出掛けていったんだ、嬢ちゃんは？」

「まあ、以前は権力系のクエストをしかめっ面しながら受けていたからのう」

首を捻《ひね》るアービタの疑問に答えたのは、長く行動を共にしていたオプスであった。

ゲーム中のリアデイルで王や貴族のＮＰＣから受けるクエストというものは、後味が悪いシナリオが多いためである。

奴隷にまで落とされた人たちの内情を知ったり、権力者に逆らった人々の末路を貴族側の視点で見たりと、プレイヤーの心にしこりが残るものばかりだ。

なんでそんなものがクエストになっているかというと、スキルマスターの増加を抑えるためである。

当時の運営も、スキルマスターの優遇処置にはかなり頭を悩ませていたきらいがある。

クエスト数が膨大な数になっていたため、中にはゲームという遊びの中で現実に返らざるを得ないような内容のものまであった。

オプスもクエストの幾つかには関わっているが全部ではない。配信停止に至るまでにクエストの数は四五〇〇以上に膨れ上がっていた。

ケーナを見送ったオプスも行動を起こす。

「さて、我も出かけるか」

「うん……」

「おや、オプス殿もお出かけですか？」

「冒険者ギルドに行って登録カードを発行してもらうつもりじゃ」

「ギルドって、まだ登録してなかったのかよ⁉　嬢ちゃんの周囲では随分と隠居が流《は》行《や》ってるんだな！」

「単に我が必要と思っておらなかっただけじゃの。これからは引《ひ》き籠《こ》もっているだけではなく、他国にも足を延ばすかもしれぬから、念のためじゃ」

登録カードは身分証明にもなるので、あんまりギルドを利用するつもりのないオプスにとっては学生証みたいな認識である。

自分がここにいて、知人がそれを分かっていてくれるだけで充分だ。

まあ、何が起こるか分からないので保険みたいなものである。カード取得の理由の半分は取って来ないとケーナに怒られるからであるが……。

「そうか。発行してもらう時には俺たち、炎の槍傭兵団の名前を使っていいからな。面倒な説明やら手続きやらが省けるぜ」

「ありがたいが、良いのか？　今さっき出会ったばかりであろう」

「嬢ちゃんの古馴染《ふるなじ》みだというからな。なら嬢ちゃんのお墨付きみたいなもんだからよ、気にすんな！」

ケーナ経由ではあるが、ここまで信用してもらえることはオプスにとって喜ばしいことである。同時にケーナが他者とそこまでの友誼《ゆうぎ》を結べたことに嬉《うれ》しささえ感じる。

ともかく、宿屋を出ようとしたオプスは服の端を引っ張られ、たたらを踏んだ。

振り返ると捨てられた子犬のような瞳でルカがオプスを見上げていた。

「どこか……、いっちゃう、の？」

「冒険者ギルドへ行って来るだけであるが、直ぐ戻って来る予定ぞ？」

「いっしょ、にいく……」

「クーも！　クーも一緒に行く！」

ケーナから預かった手前無下《むげ》にする訳にもいかないが、頼られたエーリネにも悪い気がする。

どうしようかと思案していると、エーリネやアービタはニッコリ笑って送り出してくれた。

「慣れ親しんだ奴が一緒の方が、お嬢ちゃんも安心だろ？」

「確かにケーナ殿に頼まれましたが、この程度で気を悪くするほど心が狭くはありませんよ」

「うむ、気を遣わせて済まんの」

オプスを知っている者がいればひっくり返って驚くくらいの素直さだ。

エーリネたちに一礼すると、ルカをひょいと肩に乗せて、宿を出る。

クーはルカの前に飛んで行くと「それに摑《つか》まったらいいよ！」とオプスの角を指差した。

「え……？」

ルカの視線はクーの指とオプスの角の間でおろおろする。

オプスはというと遠慮のないクーの指示に「さすが彼奴《あやつ》の眷属《けんぞく》……」とだけ呟《つぶや》くと、ルカに角に摑まってもいいと許可を出した。

「いたく、ない？」

「角を摑まえて振り回しでもしない限りは、さして痛みは感じぬよ。ただ、我が振り向いたりする場合のみ気を付けよ」

「……う、うん」

おそるおそる角に摑まるルカの様子に、オプスは苦笑いをこぼす。

魔人族の角はキャラクタークリエイトの時に大きさや長さ、角の反り具合を設定することができる。勿論一度設定すれば変更は不可能だ。

オプスの角は側頭部から斜め後ろに向けてまっすぐ伸びている。

ゲーム中に見かけた魔人族のプレイヤーの角は羊のように丸まっている者、山羊《やぎ》のようだったり鹿のようだったりと多種多様だったが、それも時が経つに連れて数を減らしていった。

ステータスが強い分、デメリットが酷いのが欠点な魔人族の宿命だろう。

摑まっているルカに配慮し、首の動きは極力抑えて目指すは白い塔が三本固まる冒険者ギルド。アービタの話によれば宿屋を出てから大通りに移動し、西に進めば分かるという。

それはその通り簡単に見つかった。

人混《ひとご》みをすいすい抜けてギルドに入ると、そこには誰もいないガラーンとした空間が広がっていた。

カウンターの向こうに受付事務員はいるが、冒険者なんぞ影も形も見当たらない。

「いようがいまいが関係ないか」、とひとりごちたオプスはルカを肩から下ろし、カウンターへ足を向けた。

「ようこそ、ヘルシュペル冒険者ギルドへ。本日は何のご用でしょうか？」

「冒険者登録がしたいのだが、心得やその辺りなどは炎の槍傭兵団団長より伺っている」

実際には聞いていないが、ダンジョン村で冒険者ギルドにも行ったことがあるのでルールなどは頭に入っている。

「あら、アービタさんの紹介なんですね。ではコチラの用紙に必要事項をお書きください」

と、紙と鉛筆を渡された。

目論見通りに余計な説明なしで話が早く済むのは喜ばしいことではある。

証明する物がないのに言葉一つで信用するのはどうなのか。些《いささ》か危機感に欠けていそうな気はするが、こういったことは本人に問い合わせすればすぐに分かることだろう。

オプスがそういった仕組みを気にすることではないので、早々に頭の中から消し去った。

その場で名前（長い本名）と種族を記入し、職種は無難に戦士にしておいて受付に渡す。

受付の女性は一通り確認した後に番号札をオプスに渡して「暫《しば》しお待ちください。すぐに本証をお作りいたしますね」と用紙を持って奥に引っ込んだ。

本証を渡されるのに一日かかったケーナの場合と違い、こちらではその場で作ってくれるらしい。それともガラガラで暇だからだろうか。

ルカはオプスが受付へ向かってから、クーを連れて壁に貼り付けてある依頼書をぽやんと眺めていた。

人目を気にしないで良いので、クーもルカの周囲をひらひらと舞っている。

時折首を傾《かし》げて読めない文字をすっ飛ばしながら、意味を持たない文章を目で追っていると頭にポンと手が置かれた。

少女の背後から近付いたオプスは軽々と持ち上げたルカを肩へ座らせ、依頼書が無数に貼ってある壁と目の高さが合うように調整してやる。

「何か面白い物はあったか？」

「……あれ、よめない、じ……」

「ふむ」

依頼書の一つを指差しているルカの指を追っていく。

ゲームの影響を受けているせいで、現地で使われているのは平仮名と片仮名と、時折漢字が使われている。

ギルドで使われるのは漢字が交ざっているのが多いが、識字率はそれほど高くないので、読めない場合は受付へ持っていけば教えて貰える。

ルカはロクシリウスの青空教室で教えて貰っているので、平仮名と片仮名に関しては問題ない。指差している依頼書に書いてあったのは漢字であった。

オプスは依頼書を舐《な》めるように近付いているクーに「教えてやるがよい」と言うだけだった。

「分かったー！」と紙から顔を離したクーは、ルカに読み方を教えている。

天真爛漫《てんしんらんまん》で何にも考えていないように見えるが、サブのシステムを統括している身のクーは決して馬鹿ではないのだ。

ただクーに教えて貰ったルカは、目に見えて落ち込んでしまった。

どうやら自分より小さいクーがすらすらと文章を読むのに負けたと感じてしまったらしい。

オプスはルカの頭を撫《な》でて「勉強熱心だの」と呟く。

その後はルカが読めない字の質問をするたびに答えてやった。

閑古鳥が鳴くギルド内には、しばらく二人のＱ＆Ａ会話だけが響いていたが、唐突に開いた入り口扉の音に中断された。


「ああ、もう、えらい目にあったわ……。ん……？」

「……あ」

疲れきった表情で扉を開いたのは、革鎧《かわよろい》を装備した活発な印象を受ける女性だった。

軽装鎧で腰にはサーベルと腕に鞭《むち》を巻き付けている。

そして何よりルカの知っている数少ない人物だった。

同時にギルド内でポツンといるオプスたちが目立たない訳がない。

ちょっと驚いた顔の女性、クオルケは嬉しそうな顔で片手を上げ、ルカへ挨拶をした。

「ルカじゃないかい、久しぶりだねえ。元気していたかい？」

「……う、ん」

「今日はケーナと一緒じゃないんだねぇ？　そっちの魔人族の兄サンは、ルカの何だい？」

「……オプス、おにい、さん。ケーナ、おかーさん、の、……おとも、だち」

たどたどしいルカの発言に、一瞬目を細めたクオルケの態度が柔らかなものになる。

オプスの方はケーナからコチラの世界で出会ったプレイヤーについて一通りは聞いていたので、彼女の対応に非難を浴びせるつもりはない。

怪しい者扱いをされる可能性は念頭に置いていたくらいだ。遠回りな説明をしなくて済んだのはルカのお陰だろう。

目を細めてクオルケに【サーチ】を飛ばし、相手のレベルと他の情報を収集する。

その辺りまではまだいいとして、問題はクオルケが外へ呼びかけたもう一人の存在だった。

「ちょっとエクシズ、何もたもたしているのさ！　ルカに会えるよ」

「お前が自分勝手にずんずんと先に行ったんだろう。こっちはお前ほど機敏には動けんのだぞ。少しは配慮しろよ」

後から姿を見せた灰色の竜人族《ドラゴイド》は不満を相棒に叩きつけ、久しぶりに会う小さな友人に挨拶をしようとして、一緒にいたオプスを視認してしまった。

長身の魔人族を視界に捉えた瞬間、ずるがしゃっっ!!　……と床に這《は》いつくばる。

〝ずる〟が両足を滑らせて、〝がしゃっ〟が重甲冑が床に叩き付けられた音だ。

まるで今まで生きていた人が突然「糸の切れた操り人形でした」とか言われても不思議じゃないくらいに自然な動きだったので、クオルケとルカは仰天した。

「エクシズッ⁉」

「……ッ！」

クオルケはその場にしゃがんで、エクシズの息の有無を確認する。

ルカはオプスの側頭部の角へしがみつき、あまりに急な出来事に硬直していた。

オプスは余裕を持った歩みでエクシズへ近付き、頭を見下ろす位置から声を掛ける。

「生きておるかの、樽々《タルタルス》？」

「…………、て、テメェ、お、おぷす……。な、ん、で、い、る、んだ、よ？」

「お主らと事情は変わらないと思うがの？　可能性くらいは頭に入れておくべきであったのう樽々《タルタルス》」

「……だからタルタルスじゃなくてタルタロスだといつも言ってんだろうがよ！　つか、今はそっちでもねえっ⁉」

床に弛緩《しかん》状態で倒れていたエクシズは、後半の発言で俊敏に起き上がりオプスに噛《か》み付《つ》こうとした。

当然、先にそういった行動を読んでいたオプスは、エクシズが起き上がった時にはもう間合いの外だ。

それに一緒にいるルカを危険に晒《さら》すようなことがあってはならない。

間違いなく激昂《げっこう》したケーナに何をされるか分からないからだ。……エクシズが。

「そうか、エクシズか。ならそれでよかろう。ところで、いつまでこちらに敵意を向けておるつもりじゃ？　あまりルカに心配を掛けさせるのは感心せんのう」

「ぐっ、汚《きたね》えぞ。ルカを人質に取るとは！」

腕を組み肩をすくめたオプスは、ガルルルと威嚇するエクシズの反応をさらりと受け流す。

しかし自分の肩で硬直するルカを見て、ジロリとエクシズを睨み付けた。

なんとなく余《よ》裕《ゆう》綽々《しゃくしゃく》な態度にそら恐ろしいものを感じ、エクシズは敵意を向けるのを止めた。途端に脳内で鳴り響く危険感知のベルが停止する。

二人の関係を朧気《おぼろげ》ながら理解したクオルケは、睨み合いだけ継続中の相棒《エクシズ》の肩を叩く。

「落ち着きなよエクシズ。こっちの兄サンは同類《プレイヤー》なんだろ？　だったらいがみ合うことなんざ無意味ってもんさね」

「成る程、そちらの御仁は話が分かるお人だのう」

「ああ、私の名前はクオルケさ。何かあったら宜しく頼むよ」

オプスはクオルケから差し出された手を取ってがっちりと握手を交わす。意地悪くニヤリと笑い自己紹介をする。

「我はオペケッテンシュルトハイマー・クロステットボンバー。略してオプスで良い。スキルマスターの№13でもある。ケーナの同類よ」

「えっ、スキルマスター……？」

「気をつけろ、そいつはケーナ同様悪名高い『リアデイルの孔明《こうめい》』だからな」

「うわわわわっ!?」

　エクシズに付け足された悪意ある称号に、びっくりしたクオルケは握手した手を振り払い、慌ててオプスから距離を取った。

「邪魔するでないエクシズ。折角我の裏表も知らぬ者だったというのに」

「お前その愛想笑いで、今まで何人の寝首をかいて来たと思ってんだ」

「さあ、数えたこともないのう。有象無象共なぞ、いくら屠《ほふ》っても心は痛まぬ故に」

「ひいいいっ!?」

　怯《おび》えた表情で後退《あとずさ》りするクオルケを見て、クーがケラケラと笑っていた。

「クククッ、嫌われたモノじゃのう」

「ケンカ、しないで……」

　ルカはオプスのコート襟を引っ張って仲裁大臣の貫禄《かんろく》を見せる。

　そのオドオドした様子にオプスはフッと笑い、肩の上の少女を優しく撫でた。

「共通の友人がこう言ってるんじゃ、子供の前で見苦しい真似《まね》はせんほうが良いじゃろう？

ここはゲームの世界とは違うんでの、我も好き勝手する気はない」

対するエクシズは、「はあ？　好き勝手の固まりが何言ってんの？」と悪態をついている。

クオルケも話に聞いていた悪名高いゲーム時代要注意人物の発言に「何か思っていた雰囲気と違うね」と、首を捻っていた。

オプスは二人の反応などどこ吹く風と、ギルドの閑散としたロビーをぐるりと見渡す。

「ここのギルドはいつもこんなにガランとしておるのか？」

「あ？　ああ、そのことか……」

「話は簡単さ。もう少ししたらフェルスケイロで闘技祭があるからね。腕に覚えのある連中は、皆そっちに向かって移動しているのさ。残っているのは街中での依頼のみを受ける奴らか、そういったことに興味のない奴らだね」

クオルケの話によると、街中専門で依頼を受ける冒険者は朝に集中するようだ。依頼料は依頼を出したところから直接支払われるらしい。

連続して依頼を受けようなどという物好き以外に、その後に冒険者ギルドに寄る者はいないという。すっからかんなのはそういったことが理由なのだとか。

エクシズたちはその間、緊急に近い依頼を中心に請け負っているという。

「闘技祭……。ふむ、成程《なるほど》。だが、お主らは行かんのか？」

「おいおいおいおい、マジで言ってんのかよ？　俺たちは今の冒険者に比べるとレベルが遥《はる》かに上なんだぜ。弱い者虐《いじ》めになるじゃねえか。お前も出ようなんて思うなよ。同じことをケーナにも伝えておいてくれ。一一〇〇レベルなんて只の八百長試合《やおちょうじあい》にしかならねえからな」

実はエクシズの知る頃よりレベルは上がっているのだが、それを知らせる義理はオプスにはないので黙っていた。

「そうか、情報感謝する」

ここで受付からオプスの名が呼ばれ、無事に登録カードを受け取ることができた。

手の中でくるくると回していると、ルカが「すご、い……」と手放しで喜んでくれる。

調子に乗ったオプスはトランプでできるようなマジックを登録カードを使って行い、冒険者ギルドの職員をも魅了するのであった。

「いやいやいやいや！　何やってんだお前はっ⁉」

「ふむ。暇が蔓延《まんえん》しておるのだ。息抜きには丁度よかろう」

「それが何でマジックショーをやることに繋がってんだよ⁉」

エクシズのツッコミが冴《さ》えわたる。さすが元〝くりーむちーず〟ギルドの常識人と言われた男。当時の苦労が思い起こされる一幕であった。

ギルド内を一時沸かせたオプスは、聞くことだけ聞ければそれでよしとばかりに踵《きびす》を返し、軽い挨拶のみでギルドを出て行こうとする。

肩の上から振り返ったルカは二人にバイバイと手を振った。その頭の上ではこれまた大きく手を振るクーの姿がある。

クオルケはにこやかに手を振り返したが、ふと気付いたエクシズは数歩オプスを追い、その背中に声を掛けた。

「おい、ケーナはどうした？」

「一緒に来ているが、今は野暮用で席を外している。彼奴《きやつ》も目を離した隙に色々と騒動に巻き込まれる性質らしいの」

エクシズがタルタロスだった頃も、ケーナはやたらと騒動の渦中にいた。密《ひそ》かにケーナに黙《もく》禱《とう》を捧《ささ》げつつ、エクシズは納得するように頷《うなず》いた。

「曾孫《ひまご》までいりゃあ、そうだろうな……。後、オプス。お前、手が必要ならいつでも呼んでくれ。ギルド時代の借りがまだ有効だぞ、一回くらいはな」

「別人になっているのに律儀なことよの」

「うるせえ。そのままにしておくのは気持ち悪いんだよ」

「なら、近々手を貸してもらおうかの。その時になったら覚悟しておくがよい」

軽口を叩いて別れたものの、エクシズは後になってちょっと後悔する。

「やべえ、なんかアイツの企《たくら》みとか超恐怖……」

「安請け合いするからだろうが」

　クオルケの呆れ顔に、その通りかと震えて待つしかないエクシズであった。


　一方、呼ばれて城まで赴いたケーナは、門番に用件を告げる。

「冒険者のケーナと言います。ここの騎士団に呼ばれていると聞いて伺ったんだけど？」

「確認を取ります。しばらくお待ちください」

「はい、お願い致します」

　つっけんどんな態度で追い返されるかなと思っていたのだが、意外にも丁寧な応対で驚いていた。

（ゲームだと「なんだ貴様は、平民が城に近付くな」とかいう高圧的な態度だったのになあ）

『アノケイリナ殿ガ、指南役ニイルカラデハ？』

　元ギルドの本拠地を使っているからか、城門は上部に櫓《やぐら》が乗っている櫓門《やぐらもん》だった。目の前の門番以外にも櫓の方からも視線を感じ、ケーナは居心地《いごこち》の悪さを感じている。

（見られてるよ～）

『門番トハ、ソウイウ仕事デスヨ。諦メマショウ』

（そりゃ分かってんだけどね～）

キーと雑談を交わしながら、チラチラと城門周辺の兵士のステータスを【サーチ】で盗み見ていく。殆《ほとん》どの者が一〇レベルに届くか届かないかだ。もし低レベルのクエストボスが攻めて来たりしたら、簡単に蹴散らされてしまうだろう。

（これ以上、イベントのボスがはびこってないといいけどなあ……）

『心中オ察シ致シマス』

それらを動かしているのもリアデイルのゲームシステムだろう。もしかしたら、ルカの村もと考えると、申し訳ない気持ちでいっぱいだ。

『アレハ、ケーナノセイデハ、アリマセンヨ』

（そうかもしれないけど、考えちゃうとちょっとね）

実際のところは廃都《はいと》の結界が緩んでいるのが原因なのだが、今の時点でその情報はケーナのところまで届いていない。

そしてキーの計測でたっぷり三〇分は待たされたくらいになって、漸《ようや》く見知った姿がケーナの前にやって来た。

「申し訳ありませんお婆様。私の都合でわざわざお呼びだてしてしまい……」

ケーナは城門前で門番をしている兵士たちが見ているところで、ケイリナに頭を下げられていた。勿論櫓の方からも「アイツ何モンだ？」と詮索する視線が飛んで来る。

只でさえケイリナの地位は騎士団指南役という、ここに勤める者ならば知らない者はいない高い立場だ。

そんな彼女がペコペコと頭を下げる人物ならば、周りから疑問の目を向けられても仕方ないだろう。それがケイリナの計略だったら末恐ろしいが。

いたたまれなくなったケーナは、頭を下げ続けるケイリナを止めて用件を聞くことにした。

「待って待って、謝るの止めてケイリナ。貴女の立場でそんなことされたら、私が不審人物になっちゃう。それとも謝るだけの呼び出しなら帰るけど？」

「あああ、す、すみません。お恥ずかしいところをお見せしまして」

最後にもう一つ頭を下げると、ケイリナは城門脇の通用門を開けさせてケーナを中へ誘う。

「どうぞこちらへ。内密に頼みたいことがありまして」

「頼みたいこと？」

頼まれるようなことに心当たりがなくて、ケーナは首を傾げつつケイリナの後を付いて行く。

ケイリナはケーナを先導しつつ一旦は城に入ったものの、一直線に中を突っ切っているようだ。

途中ですれ違った侍女や兵士などはケイリナに頭は下げるけれど、後ろに付いて行くケーナに気付くと不思議そうな表情で見送った。

ひしひしと感じる場違いな感覚にケーナは身震いする。

「お婆様、体調がすぐれませんか？」

「いやいや、アウェー感が凄《すご》いなーって」

「アウエ？」

「ああ、こっちの話、こっちの話。気にしないで」

前をずっと見ているのに、ケーナの行動も注視していたようだ。気配りの達人かよ、と素直に感心してしまう。

何処に連れて行かれるのかと思っていたら、城の中をずんずんと突き進んだ先には扉があり、その先はまた外だった。

「こっち？」

「ああ、はい。練兵場がありまして、そちらに」

「練兵場？　人に何か教えろって言われても困るんだけど？」

「ああ、いえ。お婆様にお頼みしたいことは違います。確かに【古代の御技《スキル》】に興味はありますが」

そう言ったケイリナは興味どころではない程に目が輝いていた。

ケーナも伝授したらどうなるか試したい気もあるのだが、ロプスが取得できなかったという例があるので、渡していいものか迷っている。

「ここまで通したからには、もう戻れないじゃない。頼み事は強引に運ぶつもりだった？」

ケーナが肩を落として恨めしそうな目で見上げれば、ケイリナは慌てて弁明に回る。

「そんな。……お婆様に謀《はかりごと》を仕掛けたい訳ではありません」

祖母に無理難題を吹っ掛けたい訳ではないのだ。

ただ、問題の人物の捕り物で少々確執があったので、気にしているのはそこである。

ついでにケーナがなんでこんなにやさぐれているのかと言うと、過去に一通り受けた王族や貴族、上層部関連のクエストのせいでもある。

人を選ぶクエストと言えば聞こえはいいが、内容はとてつもなく悪質であった。

プレイヤーの良心に付け込んで、強引にクエストを受けなければならないだとか。受けなかったらプレイヤーと親しいＮＰＣを人質に取るとか。

受けたプレイヤーの大半が後に掲示板に「あれ考えたシナリオライターギタギタにしてやりてえ」だとか「胸糞悪《むなくそわる》い」だとか「この恨みは運営にぶつけてやる」だとか書き残しているのだ。

スレだけですごい量になっていたから、怨念化していたらとんでもない物が産み出されていたと思われる。つくづくゲームの中での出来事で良かったなあと思う。

そんな前例があるものだから、王族貴族関連のクエストはケーナのみならずプレイヤー全般に嫌われているといっても過言ではない。

後はとっとと帰りたい理由の大半は、オプスから目を離していることだ。

ケーナの視界から外れたオプスが、何かをしでかさないかと心配になっている。近くにいるのがルカだから、なおさら心配だ。

クーにオプスのストッパーを願っても、一緒になって笑っている図しか思い浮かばないのでとてつもなく胃が痛くなってくる。

ともあれ用事の方を早く済ませて、早く戻るのが自分の使命だと思う。

オプスに全くもって信用がないのは、奴がオプスだからだと諦めるしかない。

「城って何処も広すぎるんだよなあ」

「権威とかありますからね。ああ、あちらです」

この程度の移動で疲れるケーナではないが、同じ光景が延々と続けばうんざりしてくる。

移動ばかりで愚痴を零《こぼ》せば、目的地に着いたようでケイリナが先を指差した。

練兵場と説明された場所はだだっ広い運動場のようなところだった。

そこからは騒がしい声が聞こえて来る。

軽装の兵士たちが大勢で何かを囲み、何かを行っているらしい。

近付くにつれ、聞き取れるのは罵声のようなものと、少なめの声援である。

兵士の群れに近付いてみれば、ケイリナに気付いた外周の兵士が慌てて背筋をしゃんと伸ばす。

「「「これは指南役様！　申し訳ありません！」」」

「まだ休憩時間でしょう、楽にしてください。彼は、まだ中ですか？」

「は、はい。そうです。まださっきの状態から変わっていません」

ケイリナがにっこり微笑めば、兵士たちは頬《ほほ》を染めて益々体を固くする。

どうやらケイリナは兵士たちからアイドル的な憧れを受けているようだ。

そのまま兵士たちをかき分けていくケイリナの後に付いて行けば、中で何が行われているか分かる場所までやって来る。

そこでは二人の人物が模擬戦を行っていた。それを輪になった兵士たちが囲み、「やれー！」だの「負けろー！」だのとはやし立てている。

片方は以前ケーナが見たことがある騎士団長と思われる人物だ。

ケーナが盗賊の頭にトドメを刺そうとした時に割り込んだ、髭面《ひげづら》の壮年の騎士である。

もう片方は模擬剣で斬り伏せられ、傷だらけの泥だらけとなって倒れている人物だ。

頭部から伸びる角に褐色の肌から察するに、以前ケーナが屈服させた盗賊の頭《かしら》だろう。

それが歯を食いしばって痛む体に鞭打って立ち上がり、落とした模擬剣を拾って騎士団長に立ち向かっていく。

だがふらふらになって力のない動きでは敵うものではない。簡単に剣を弾かれて容赦のない一撃で弾き飛ばされる。

【懲罰《ちょうばつ》の首輪】があるとはいえ、レベル四〇弱はあるはずのプレイヤーがそう易々と敗れるとは思えない。魔人族の彼でもプラスレベル一〇くらいなら、ひっくり返せるだけのステータスは持っている筈《はず》だ。

「えーと、虐待の現場？」

「違います」

ここへ呼ばれた理由を把握できず、ケーナはケイリナに説明を要求する。

「彼を兵士に勧誘致しました」

「また思い切ったことを……。裏切るかもしれないじゃん」

「生憎《あいにく》と彼自身はこちらの要請に応えてくれましたので」

「ええ……」

思わず地面に転がる魔人族のプレイヤーを凝視してしまう。あの時に号泣していた者がいったいどういう心変わりでそうなったのかと。

「それにご存じですか、お婆様。最近、山野に手強《てごわ》い魔物が現れるようになっています。これを放置しておくと民に被害が出かねません」

（知ってます！）

内心ギクリとするが、表情に出さないようにする。

心当たりがありすぎるケーナにとっては、ご存じしまくりだ。

原因は十中八九、廃都から漏れ出している魔物たちだろう。

ケイリナが勝てないと明言していないので、ヘルシュペル側に出現しているのは彼女や騎士団の手に負える物ばかりで済んでいるらしい。

（そういえば廃都について、詳しいことをオプスに聞くの忘れてた……）

『…………』

そっちに関してはキーも口を噤《つぐ》むばかりで、何も話してはくれない。

きっとオプスと通じている事情から、ある程度の情報は共有していると思われる。が、何かが枷になっていてケーナに話すことができないらしい。

難しい表情で押し黙る祖母に、ケイリナも何かしらの納得をしたようだ。

「こちらの勧誘に二つ返事で了承を貰いまして、今はああやって性根を叩き直している最中です。最初の頃は誰彼構わず噛み付いて、皆の反感を買っていました。でも何度やられても挫けずに向かって来るので、今はあのように認める者も出て来ています」

　囲んでいる兵士たちの声に耳を傾けると、幾つかアドバイスになるような声も飛んでいる。

「頑張れ」とか「いいぞ」はまだいいが、「行け行け」は応援なのかなと疑問を感じる。

「お婆様にお頼みしたいことは、彼が十全に力を発揮できるようにして欲しいのです」

「……要するに【懲罰の首輪】を外して欲しい、ってこと？」

「はい。お婆様が辺境の村に住み、そこの住民を大切に思うように、私もこの国を守りたいのです。彼の手が借りられるのであれば、手強いモンスターに対抗できる手段となります」

　強い意志の籠もった目に見つめられ、ケーナは首を竦《すく》めた。

「元々アレの身柄はそっちに渡したし、好きにすれば？」

「！　それでは！」

　投げやりに告げると、歓喜する孫を置いてけぼりにして、一団へ向けて歩を進める。

　兵士で囲われた輪の中へケーナが割って入ると、騎士団長の方が先に気付いて剣を納める。

　魔人族のプレイヤーの方は息も絶え絶えに俯《うつむ》いていて、気付く様子はない。

「ちょっと邪魔するよ？」

「はっ」

　小さく会釈《えしゃく》をする騎士団長をチラ見して、ケーナが輪の中へ入る。その後に続くケイリナに、兵士たちが背筋を伸ばして敬礼する。ケイリナが皆へ「楽にしてて良い」と声を掛ける中、ケーナは俯いて震えている魔人族へ歩み寄った。

「ねえ？」

「……え？」

声を掛けられてゆっくり顔を上げた魔人族のプレイヤーは、ケーナを見るなり怯えて足をもつれさせ、尻もちをつく。その顔は真っ青で、歯がガチガチ鳴っていた。

自分を完膚なきまでに敗北させ、心まで折った張本人なので当然の反応だろう。

怯えた魔人族のプレイヤーに近付いて行って、手をかざすケーナ。その手が青く光るのを見た兵士たちに動揺が走る。

思わず「殺す気か⁉」と思った者もいたが、そんなのは勘違《かんちが》いだ。そんなことをするはずがないと信じていたケイリナが、飛び出そうとした兵士たちを押さえた。

ケーナが手をかざした時から体を丸めて震えていた魔人族のプレイヤーに、【清浄】の魔法で汚れ等を吹き飛ばして【単体回復《デユール》】で傷を癒《い》やす。

兵士たちは魔法二つで身綺麗《みぎれい》になった新入りの姿を見て言葉を失っていた。勿論ケーナがやったことについて驚いている。

「起きなさい」

「……え？」

頭を抱えてうずくまっていた魔人族のプレイヤーは、頭上からケーナが掛けた声に恐る恐る顔を上げる。

「……トドメを、刺すんじゃ、ないのか？」

「あのねぇ。ケイリナの権限で兵士に任命された貴方を、私が勝手にどうこうしたらこっちが悪者じゃない。誰がそんなことしますか。それよりもさっさと立つ！」

呆然《ぼうぜん》とした顔の魔人族のプレイヤーはケーナの声に従い、のろのろと立ち上がる。

ケーナは立たせた魔人族のプレイヤーをじろじろ見ながら一周し、「もう怪我《けが》はないね」と満足げに頷く。

状況がよく分かっていない魔人族のプレイヤーの、首に巻かれた黒い首輪に手を伸ばす。魔人族のプレイヤーはギョッとした顔で、ケーナの手から逃れて間合いを取った。

「な、なんで？」

「それを外してくれって頼まれたからよ」

「い、いいのかよ……。こ、これを外したら、……ま、また人を殺すかもしれないんだぜ……」

おどおどと震える声で、引きつった表情と共に自己申告する魔人族のプレイヤーに、ケーナは【能動技能《アクティブスキル》】を幾つか立ち上げて、脅すように睨みつけた。

「なんだったら今すぐここで消し炭に変えてもいいんだけど……」

「お婆様……。それは止めて頂けるとありがたいのですが」

ケイリナが二人を仲裁するような位置に立って困った顔をする。

ケーナは溜息《ためいき》を吐《つ》くとスキルを引っ込めて、魔人族のプレイヤーの鼻先に指を突き付けた。

「そこの孫が貴方を買っているから、私の都合で処分する訳にもいかないのよ。それに覚えておきなさい。私はケイリナが貴方を信じるって言うから解放するんだからね。もし次に同じようなことを仕出かしたら、私ともう一人で貴方をこの世から抹消するから！」

「あ、あ……」

「分かったの分からないの？　お返事は？」

「わ、……分か、った」

「そう。よかったわね。ケイリナに一生感謝しなさい」

素直に頷いた魔人族のプレイヤーの首輪に触れて「スキルマスター№3が認める。解除」と呟けば、首輪は瞬時に外れて落ちる。

ケーナはその首輪をキャッチして、アイテムボックスへと放り込んだ。

魔人族のプレイヤーは、恐る恐る自分の首を触って首輪がないのを確認すると、ようやく束

縛から解放されたのを実感して、へなへなとその場にへたり込んだ。

何人かの兵士が歓声を上げて取り囲み、「やったな！」「よかったな！」と声をかけている。

根性を見せたことで少しは認められているようだ。

「ありがとうございます、お婆様」

「別にいいけど。それよりもこいつが問題起こしたら私に言いなさいよ。私ともう一人とで塵《ちり》も残さず消滅させるから」

「そんなことは……。せめて折檻《せっかん》程度で許してあげてください」

「私はともかく、もう一人が許せばね」

ケイリナはよく知らないから甘いことを言えるが、もう片方のオプスが仏の顔も三度まで、なんて拘《こだわ》りを持っていないのは明らかである。

二人揃《そろ》ってで言えば、国も残らないような酷い戦力であることは間違いない。

知らないというのは時として幸せなことである。

ケーナはふと思い出したことがあって、兵士たちにもみくちゃにされている魔人族のプレイヤーに向き直った。

当人はビクリと過敏に反応し、頰を引きつらせている。

「そう言えば貴方の名前を聞く機会はなかったね。私はケーナ。貴方は？」

「あ、ええと、こ、コイローグ……」

先程までの荒々しさなど欠片《かけら》もない笑みを向けられた魔人族のプレイヤーは、しどろもどろにコイローグと名乗った。

「こい、ろーぐ？　恋の悪党《ローグ》？　随分ファンシーなお名前ねー」

「なっ⁉　ち、ちちちち、違う！　全然違う！　意味なんかねーよ！　普通に音だけで決めたんだよっ！」

むふふと含み笑いでもってからかうケーナに、コイローグは真っ赤になって反論した。

その反論の仕方には必死さがにじみ出ている。もしかしたらゲーム中か何かに同じように言われたことがあるのかもしれない。

つい今し方までのピリピリしていた雰囲気が、ケーナのからかいによって一変した。

どこかのんべんだらりとした空気に変わったその有り様を、ケイリナと騎士団長と兵士たちは呆気《あっけ》にとられて見ていることしかできない。

「いや～、恋の悪党《ローグ》ちゃんはこれから苦労しますな～。なんなら今から【名前変え】でそっちにした方がいいんじゃない？」

「し、しねえよっ！　するなよ、絶対にするんじゃねえぞ！」

「それはしろというフリだね」

「絶対に違うといってるだろうがあああああっ！」

ぎゃあぎゃあ騒ぐコイローグの周囲を飛び回って煽《あお》る楽し気なケーナに、練兵場にいた面々は始終圧倒されていた。


「んじゃ私は帰るから、その子よろしく」

「はい、お婆様。お疲れ様でした」

「それと恋の悪党《ローグ》ちゃん」

「コ　イ　ロ　ー　グ　だ！」

「次はないからね。次に盗賊行為を一ミリでも働いてみなさい。『銀環《ぎんかん》の魔女』のケーナと、『リアデイルの孔明』たるオプスが君を滅ぼしに来るから、心しておいてね」

「ぎぃっ!?」

用事は済んだとばかりに練兵場を後にするケーナは途中で立ち止まり、コイローグへ普段は忌避するゲーム内での悪名を使って釘《くぎ》を刺《さ》す。

効果は抜群で、絶句したコイローグは青い顔で脂汗を垂らして震え始めた。

見送りに行こうとしたケイリナを騎士団長が制し、自分が行くと告げてケーナの後を追う。

手持ち無沙汰になったケイリナは、コイローグへ疑問に思ったことをぶつけてみた。

「お婆様は昔、有名人だったのか？」

「ゆ、有名人なんてもんじゃないぜ。『銀環の魔女』って言えば『暴走する隕石《メテオハザード》』とか噂《うわさ》される、茶国壊滅事件の主犯じゃねぇか……」

「そうか」と呟いたケイリナは、コイローグの耳を摘《つま》んで引っ張った。

「あだだだだだっ⁉　な、なにすんだよっ！」

「兵士とは言え、お前がそのように粗野では話にならん。まずは礼儀作法からの勉強といこうか。何、心配する必要はない。最近は手のかかる部下がいなくなっていてな、お前にかける時間は充分にある」

「……え。え、え、え？」

ケイリナに睨み付けられ、ぶるりと震えたコイローグはレベル差云々《うんぬん》を口にする暇もなく、耳の痛みを緩和するためには引きずられて行くしかなかった。

その場に残された兵士たちは指南役の厳しさを知っているため、同情の眼差しで彼を見送る。

何人か、黙禱を捧げる者までいた。

「あの威勢のいい状態がいつまで続くかねぇ……」

「三日も持たないんじゃね」

「俺は五日持てばいいと思う」

「いいねえ、賭《か》けるか？」

「賭けるか。一日で銀貨一枚でどうだ？」

「じゃあ、俺は二日」

「俺は三日かな？」

瞬時に提案された賭けにぽんぽんと弾む声が響く。監督者のいなくなった練兵場が臨時の賭《と》博場《ばくじょう》と化すのに時間はかからなかった。

実際のところ、コイローグの人格が粉々に吹き飛んだかどうかは不明である。


「城門までいいわよ」

「そうですか」

うんざりした顔のケーナは、くっついてきた騎士団長を軽くあしらう。

騎士団長の方は、応《こた》えた様子もなく口を開く。

「少々お聞きしたいことがありまして。よろしいですかな？」

「まあ、私で分かるモンならいいけど」

神妙な顔で聞いてくる騎士団長に、ケーナはしぶしぶ頷く。

騎士団長が今更冒険者に聞くことがあるのかという、戸惑いも含まれている。

「彼《か》の者が使う剣なのですが、歪《ゆが》んでいるのです。二〇〇年前は剣を教える者はいなかったのですかな？」

「……は？」

言われたことがよく理解できずにケーナは首を傾げた。

騎士団長は拳《こぶし》を握って、熱の入った口調で語り始める。

「彼の者の動きはちぐはぐなのです。動きだけなら指南役にも匹敵しますが、剣に関しては初歩の初歩、最低限の基礎すらも危うい！　あのような腕でこの二〇〇年間をどうやって生き延びてきたのか甚《はなは》だ疑問です！」

城門の門番が目を丸くして自分たちを指揮する総責任者の熱弁を聞く。

ケーナに至っては最初は啞然《あぜん》としていたが、そこまで熱を入れる程に接してくれる人がいるらしいところに安心する。

ここの騎士団であれば、コイローグをよりよい方向に矯正《きょうせい》してくれるだろう、と。

だが求められている質問の返答には詰まる。

どう答えたら納得してくれるのか見当もつかないからだ。

質問そのものの答えは簡単である。

それはコイローグが基礎モーションしか持っていないからだろう。

ＶＲＭＭＯリアデイルのプレイヤーキャラクターには、種族ごとに攻撃用の基礎モーションが設定されていた。

竜人族《ドラゴイド》ならば力強く大雑把に。

猫人族《ワーキャット》なら小回りをもって俊敏に。

エルフ族であれば素早く的確に。

人族と魔人族であれば手際よく確実に。

ハイエルフ族であれば武器に振り回され情けなく。

そういった事情がハイエルフ族のプレイヤーが少ない理由のひとつではある。

初期にはそのままの形で続行という仕様だった。

しかし、そのうちにプレイヤーからの「なんとかしてくれ」という訴えが増え、プレイヤー自身が攻撃モーションにまで改造を加えることが可能になったのである。

そこに至るまでには紆余曲折《うよきょくせつ》があった。

最初は各種族のモーションの枠が取り払われ、キャラクターメイキングの時点でどれかを選ぶことができるようになった。

次の段階で、幾つかの種族の動きを組み合わせるというやり方が出たが、これはちぐはぐな動きになることが多くてあっという間にすたれていった。

そのような試行錯誤が四～五回続き、最終的にプレイヤー自身の手に委《ゆだ》ねられたのである。

それを個人で専有化するだけでなく、ダウンロードして習得できるようになってからは自由度のお陰か、一気に選択肢が増えた。

勿論初期のような固定化した選択を取ることもできるため、こだわらないプレイヤーはそちらを選ぶことも厭《いと》わなかったが。

アップデートの直後には「リアデイル総合リンクまとめ」で各種モーションデータが溢《あふ》れていたのをケーナは覚えている。

遊び心満載のものから悪乗りに行き過ぎたものまで、大量のデータがあちこちに溢れていた。

史実から掘り起こされた動作や、実在の剣術をデータに起こしたのはまだマシな分類として。

小説や漫画。アニメや時代劇。酷いモノになると特撮ヒーローの使う動きから、オタクが創作した厨二病《ちゅうにびょう》な名前の架空戦闘術までがわらわらと出回った。

勿論ケーナのアバターにもこういったモーションが幾つかインストールされている。

キチンと選んだ比較的真面目《まじめ》な物と、遊び半分が半々でだが。

コイローグのアバターはこの手のモーションデータを使っていないようなので、ちぐはぐな動きになるのだろうと推察できる。

勿論モーションに頼らずに自分の好きなように武器を振り回すことも可能だが、おそらくリアルに剣術などを修めたプレイヤーなど全プレイヤーの一パーセントもいないだろう。

コレがコイローグの振るう剣がへっぴり腰の素人剣術《しろうとけんじゅつ》になる理由である。

恐らくはモーション頼りの動きですらも、本職から見れば拙《つたな》い何かとなる可能性が高い。

ケーナの技術は幾つかのスキルを組み合わせ、アービタと本気の手合わせをした上で身に付けたものだ。スキルマスターだからできる荒業のようなものである。必要に応じて最適化しただけで、ぶっちゃけてしまえばケーナの場合は魔法を使用した方が威力は遥かに上なのだ。

結局ケーナは「そんなものは貴方たちのやり方で矯正すればいいでしょう」とだけ言って城を後にした。

これといってよさそうな言い訳が見つからないのが理由だったりする。

この先はコイローグが決めることなのだから、口を挟まない方を選択したのだ。

悪く言えば丸投げである。

オプスが心配で真っ直ぐ帰るつもりが、ついケイリックのところに顔を出してしまった。

「いいのですか、お婆様？　何か用があったのでは？」

「いいのいいの。この前、途中で中断しちゃったでしょ。今日はそれの埋め合わせってことで」

「それならいいのですが……。ご無理はなさらないでください」

「はいはい」

魔韻石《まいんせき》の加工に集中する。

本当はそれほど集中する必要もないが、仕事としてやっている以上不揃《ふぞろ》いにする訳にもいかない。

静かな時間の中、大まかに加工を終えて一息ついた時だった、ケイリックが話しかけてきたのは。

「先日の騒動について母上より事情は聞きました」

「マイマイから？　他国に漏らしてもいい話なのかね、あれ？」

「堺屋の情報網なら時間の問題だとおっしゃっていましたから、それででしょう」

「あー……」

先日のフェルスケイロ襲撃事件についてだろう。

ケーナとしては、王都の西側に大穴を開けてしまった件を知られると赤面ものだ。

確認する気にもなれないので、聞かれたらしらばっくれる所存である。

「あのような不気味極まりない魔物がこの大陸の何処かに息を潜めていると思うと、気が気ではありませんな」

「まあ、隊商を率いて旅をする人たちにとっては、不安の種だよねえ」

息を潜めるも何も、廃都の中からあふれ出したのだろうということは容易に想像が付く。

「それで少々お婆様にお願いがあるのですが」

「それでって、お願い？」

「ええ」

顔に陰を作ってずいっと近付くケイリックを見ながら、ケーナは時代劇の悪人そのものだな、という感想を抱いた。

「お婆様の所有する【召喚獣】を貸し出すことは可能ですか？」

「……はぁ？」

思いもよらぬ提案にケーナも変な声を上げてしまう。

「【召喚魔法《サモンマジック》】で呼び出したのを護衛に雇うということ？」

「はい、そうです」

揉《も》み手《で》をしながら頷くケイリックは堺屋というより、越後屋《えちごや》が似合いそうだ。

「【召喚獣】ねえ……。それもどうなんだろう……？」

ケーナは片手をかざして、テーブルの上に小さなスライムを召喚する。

全高五センチメートルにも満たないスライムの見た目は、カップに乗った赤いゼリーと言った方が分かりやすいだろうか。

一見すれば魔物とは分からない。

ぷるぷるしている様子は、そのままイチゴゼリーとして食べられそうだ。

ケイリックは目の前で召喚されたそれを食用として見ない。不思議そうにか弱く見えるそれを覗《のぞ》き込《こ》んだ。

「……それは？」

「イクベクトスライム。物理攻撃で飛び散ると一瞬で数百匹に分裂するわ」

「おわっ⁉」

慌てて顔を離したケイリックの様子が可笑《おか》しくて、ケーナはついつい噴き出してしまう。

「大丈夫、大丈夫。私に従っているから、滅多なことでは分裂はしないって」

「そ、そうですか……」

椅子の背の向こう側からスライムを覗き見るケイリックに、そこまで怖がらなくてもいいのにと思う。

リアデイルのゲーム内でスライムとは弱い魔物の代名詞ではない。ピンからキリまでいるが大半が強い分類に入る。

イクベクトスライムは物理攻撃にめっぽう強いスライムである。

その逆で魔法攻撃にはとても弱い。

一応初心者用のフィールドに配置されてはいたが、レベルは三〇～五〇前後である。ゲームを始めて少し背伸びしたい初心者が最初にぶつかる理不尽な魔物筆頭だ。

イクベクトスライムの攻撃力は然程《さほど》高くないので、装備がしっかりしていれば受けるダメージは僅《わず》か一程度で済む。

しかし数百匹に分裂したイクベクトスライムから絶え間なく攻撃を貰えば、初心者なんかあっという間にHP《ヒットポイント》を溶かされて終わる。

「そ、そのスライムを護衛に付けるのですか？」

「とはいってもこのイクベクトスライム、知能なんかないに等しいからなあ」

「ダメじゃないですか」

それ以前に、魔物を護衛に置いている隊商は村や街に入れそうにないのだが。そこのところをこの孫は分かっているのだろうか？

ケーナはイクベクトスライムを送還すると、もう一度【召喚魔法《サモンマジック》】を使った。

こんどは部屋の隅に開いた魔法陣から、犬頭の獣人が出現する。

犬と言っても可愛《かわい》らしい見た目ではなく、ケイリックに匹敵するほど背が高い。

犬種としては耳の垂れていないドーベルマンだ。ぼろ切れと見間違うような茶色く擦り切れたローブを纏っている。

「御前に。主様」

「うん、ご苦労様」

ドーベルマンの獣人はケーナを前にして膝を折り、胸に手を当てて一礼した。

「アヌビスにちょっと聞きたいんだけど」

「何でもお聞きください」

ケイリックが丁寧な言葉を話す見知らぬ獣人に警戒しているのが分かる。

この世界では犬人族《コボルト》が一般的な犬の獣人として扱われる。基本それらは背が低く、小型の犬種の頭部を持つ者が多いからだ。

アヌビスと呼ばれるこの召喚獣は、冥界エリアにいた神という設定の魔物だ。

本来のアヌビスならば頭部はジャッカルを模した物らしいが、そこはゲームならではの加工を施してあるので突っ込んでいるとキリがない。

「私から離れての活動は可能なのかな？　十全に活動するならばどれくらいの魔力が必要なのかも念頭においてね」

アヌビスは自らの舌でぺろりと鼻先を舐めると、暫《しば》し黙ったのちに口を開いた。

「そうですね。確かに今のままでは三日程が限界でしょう。主様《あるじさま》の問いはおそらく離れる期間は二日や三日でないと致しまして。十全の活動で成果を出すのならば、ひと月は必要なのだと思います」

「うんうん、それで？」

「……そうですね。今の二〇倍の魔力を頂ければお役に立ってみせましょう」

「うーん。それくらいなら、まあなんとかなるかな……」

ケーナは召喚して顕現《けんげん》させる時に使用した魔力を単純に二〇倍した値《あたい》を考えて、残量魔力に余力が残っていることを確認する。

そしてアヌビスの肩に手を触れて、必要な魔力を送り込んだ。

ケイリックの目には、アヌビスと呼ばれた獣人の存在感がぐぐっと増したようにしか見えなかった。

ついでにケーナが行使した魔力量に圧倒されていた。

今さっきまで作っていた灯《あか》りの魔道具など目じゃない程の濃密な魔力を感じ取れたからだ。

その辺りは魔法方面に造詣《ぞうけい》が深いエルフならではというところか。ケイリック自身はあまり魔法を扱えないが。

「どう？」

「ええ。これならばひと月は離れていても、主様に満足頂ける成果をお届けできそうです」

「そうなんだ。それならよかったわ」

手を握ったり開いたりして感触を確かめているアヌビスの答えに、ケーナは満足そうに頷いた。

「という訳で、ケイリック。このアヌビスを貸し出すわ」

「決断から実行まで早すぎじゃありませんか⁉」

紹介するように両手を広げてケイリックを振り返れば、驚くやら呆れるやらの感情が混ざった悲鳴が返って来た。

アヌビスもケーナとケイリックを見比べて理解したのか、立ち上がってから小さく腰を折った。ケーナとケイリックに対応する違いが頭を下げる具合に如実に表れている。

「ふむ。さしずめ私は貴殿に派遣されたようなものか」

「そうだよ。ケイリックの手が足りないんだって。手伝ってあげてね。あ、あと生命系の魔法は使わないでね」

キーワードとして「蘇生《そせい》」なんてのは危なくて口に出せないので、遠回しに伝えてみた。

アヌビスはついでにウインクしたケーナの意図にすぐ気づき、「了解した」と返す。

「宜《よろ》しく頼む、ケイリック殿。討伐にしろ護衛にしろ矢面に立つのは得意だ。主様に成果をお届けできるような派手な職場を望む」

「お婆様？」

アヌビス着衣が瞬時にぼろ切れのようなローブから、歴戦の戦士の様な出で立ちに変わる。

使い込まれた革鎧と腰に携えた一本の剣。

ついさっきまでその辺で魔物を狩ってました、といわんばかりの迫力付きだ。

それを見たケイリックから、戸惑うような視線が向けられる。

「アヌビス、一介の商人に討伐は必要ないみたいよ？」

「む、そうなのですか。それなら立ち回りを変えねばならんな」

そう言ったアヌビスは、きっちりネクタイを締めた執事服へと衣装を変えた。

「お婆様……。大丈夫なのですかこの御仁は？」

ケイリックは暫し考えて蔵の掃除をさせてみようと提案した。

アヌビスもそれを文句も言わず了承したので、ケイリックはとりあえずやらせてみることにした。

「一応仕事を頼むなら細かい制限を付けてね。あんまり大雑把だと、要るものを捨てたりしちゃうかもしれないよ？」

「はぁっ!?」

提案した時点で堺屋のあちこちを手伝う小間使いに監督を頼む気でいたケイリックも、ケーナからの忠告に心配になったようだ。

自分の目で見てその都度修正を入れることにすると立ち上がった。

「じゃあ、私はそろそろお暇しようかな」

「すみませんお婆様。お構いもしませんで」

「いいのいいの。この前の埋め合わせだしね」

「今回の仕事の分は、また別の日に改めてお支払いしますね」

「エーリネさんの隊商に預けて送ってくれてもいいよ」

「ええ、まあ。それも考えたのですが……。エーリネ殿もあれだけの金額の輸送に、首を縦に振ってくれるかは分かりませんな」

「どれだけの利益が出るものなのよっ⁉」

今度は逆にケーナから悲鳴が上がった。

その様子をアヌビスはニヤニヤして見ていたが、ケーナから半眼を向けられると居住まいを正すのだった。

帰り道ついでに市場を見回ったりしているうちに夕方近くなり、ケーナは慌てて宿屋に戻る。

一階の酒場ではルカが幾人かの隊商の女性と一緒に、デザートを味わっているところだった。

作成者は勿論オプスである。

「ケーナ、おかー、さん。おかえり……なさい」

「ただいまルカ、オプス」

「おう、遅かったのう。何か無理難題でも押し付けられたのかの？」

オプスを筆頭に隊商や傭兵団の馴染みが声を掛けて来る。

それらに適当に返答しつつ、ルカの横に座る。

義娘がこぼさないようにとスプーンに乗せて差し出したケーキ、フルーツと生クリームを少し貰って笑いかける。

「ん、おいし。ありがとうね、ルカ」

「う、うん。つくったの、オプス、おにー、さん……」

「ご　め　ん　ね　オプス、任せっきり　で　！」

「声が怖いぞケーナ。何故《なぜ》睨む⁉」

『そりゃ子供にあまり甘いものを喰わせるなって意味だよ。歯磨きが塩と堅めブラシな世界で虫歯防ぐのは難しいだろうに！』と声を大にして言いたい。

ルカが嬉しそうにケーキを食べているところで大声を出す訳にもいかず、心の叫びを内側に押し殺し、元凶を威圧する程度に留めた。

「ん〜。【懲罰の首輪】を外してくれって話だったけどね」

「懲罰？　お主が率先してそれを使うとも思えぬが」

「使わざるを得なかったんだよね。私の見えるとこにいないからなおさら」

ケーナはコイローグの捕縛に至った経緯をオプスに話しておく。

元はオプスの守護者の塔を目覚めさせるだけだったのに、騒動に愛されすぎだろうと愚痴も零す。

「ふむ、そのようなプレイヤーがいたのか。だったら今からでも矯正に向かっても良いかも知れぬな？」

「何張り切って立ち上がってんのよ！　アンタの場合は矯正と書いて『存在抹消』ってルビをふりそうで怖いから！　本人も折角心を入れ替えてやり直す気になってんだから止めてあげなさいよ！」

「ケーナがそこまで言うなら経過を見るがの」

上げかけた腰を下ろすオプスに、フォークを咥《くわ》えたままルカが不思議そうな顔をしていた。

「それでそっちはそっちでエクシズたちに会った、と……」

「嬉しさのあまり卒倒しとったがな」

「それ絶対嬉しさで卒倒したんじゃないと思うけどね」

オプスを見てショックを受けるのは、くりーむちーずギルド内だとおそらくタルタロス《エクシズ》くらいなものだろう。

ぶっとんだプレイヤーが多い中で「突っ込み要員が欲しい」と呟いていたくらいだったから。

時々はケーナもそっちに回っていたが、どちらかというと彼女はオプス専属の突っ込み要員だったように思う。

オプス相手ならば、スキルマスターでは九条《くじょう》くらいだろう、遠慮なしの会話を繰り広げていたのは。

隠れ鬼《おじいちゃん》は何かと皆の一歩後ろに立って眺めているような感じだったし。

京太郎《きょうたろう》はスキルマスター会合のまとめ役だった。

リオテークに至っては会議に参加するなんて半々だったし。

マーベルリアなどは参加していたとしても、持ち込んだ書類を眺めているか、何かを書いていることが多かった。

数人以外は無関心のスキルマスター会合を今思うと泣けてくる。

あれに比べればまだ会話があっただけ、ギルドの方がマシだったのかもしれない。

しかし、エクシズから見ればケーナもオプスも同じ扱い《頭痛の種》であったのを本人たちは知らない。

「にしてもプレイヤー自体随分と少ないのう。ケーナが会った数だけでは我の記憶している人数とは合わん」

「行方不明者《ゆくえふめいしゃ》を数えていたの？」

「運営側におったからの。ログインした数値とログアウトした数値の違いくらいは記憶しておるわい」

「前にちょっとキーと話したけれど、最終日にいた人たちが巻き込まれたにしては、出現する年代に差が出ているみたいなのよ。人族や猫人族《ワーキャット》であれば二〇〇年前に漂着してた場合、寿命で死んじゃったんだと思うのよね」

「ふむ。寿命か……」

「あとはこの地を離れたか、何処かに隠れ住んでいるか、かな」

「この地を離れたら、おそらくシステムの恩恵が受けられずに野垂れ死ぬのではないか？」

「えええっ⁉」

そんな情報は初耳である。

びっくりして聞き返すと、どうやらリアデイル全域のみがゲームと同じくシステムの稼働する範囲内であるらしい。

それはつまり、ケーナがこの大陸から離れられない理由であるようだ。

「プレイヤー共を根絶やしにすれば或《ある》いは……」

「怖い怖い。怖いからその可能性はなしで！」

慌てて制止すれば素直にその考えを取り下げてくれた。

今度は逆にその素直さが気持ち悪い。

「オプスはプレイヤーを気にしてるみたいだけど、なんで？」

「もしかしたら必要なのかもしれないというだけじゃな。確認せねばならんこともあるしの……」

それは廃都に関係する事柄なのだなと、ケーナはなんとなく確信している。

今のオプスであれば隠している事柄は別にして、ケーナの懇願《こんがん》を断ることはなさそうだ。

しんみりした空気を感じ取ったのか、ケーキを食べ終わり、水を飲んでいたルカが席を離れる。

コップをカウンターに返してケーナたちの席には戻らずに、少し迷っていたがエーリネのいる席に行ってしまった。

「お？　どうしたお嬢ちゃん。お母さんにいじめられたのか？」

「ケーナさんがそんなことする訳ないじゃないっスか。あんまり変な噂を立てると火傷《やけど》するっスよ」

「ケーナの嬢ちゃんだからなぁ、火傷で済むのか？」

「爆発かもしれないな」

本人を目の前にして好き勝手な発言をする傭兵たち。

冗談半分なのが分かっているので、ケーナは苦笑して流す。

これが自分だったら何か飛んでくるんだろうなと悟ったオプスは内心涙した。


「ねえ、オプス、ちょっと聞いておきたいんだけど……」

「うん？　なんじゃ？」

テーブルの上に乗り出すようにして声を潜めるケーナに倣《なら》い、オプスも声の音量を落とす。

「私が死んだ後、亜子《あこ》姉さんや叔父《おじ》さん、どうしてた？」

「うーむ、彼奴等のことか……」

少し考え込むオプスの様子にケーナの表情が曇る。

「もしかして何かまずいことがあった？」

緊迫感が漂う中、もったいぶった間で沈黙を続けていたオプスがカッと目を見開いた。

「うむ、知らん！」

「だああああっ」

勢い余ってテーブルの上に突っ伏したケーナが落胆の声を上げる。

「ちょっとオプス⁉」

「接点は会社設立に手を貸してもらったくらいじゃぞ。頻繁に会うような関係は築いておらぬわ。最終日にはそのまま繋げる作業に入って、精神をすり減らしながら慎重に事を進めておったのじゃし。リアル側の状況など知ったことか！」

「威張って言うことじゃないから！」

怒鳴り返して肩を落とす。

少しは様子が分かればよかったのだが、今更嘆いてもどうにもならない。

叔父や従姉妹《いとこ》が悲しみに暮れていなければ、ケーナとしても安堵《あんど》するところだ。

ただひとつの心残りは、あれだけお世話になったというのに、一言の礼も伝えられなかったことにある。

「まあ、あちらに根くらいは残してある。色々済んだらそれでなんとかしてやるわい。楽しみに待っておれ」

「え？　う、うん。何する気？」

「当日までのお楽しみじゃ」

後日、この心残りはオプスの能力によってあっさり解決することになるが、この時のケーナはまだそんな時のことまで考えていなかったのである。

エピローグ

翌日、ケーナたちはエーリネの隊商と一緒にヘルシュペルを発《た》った。

ケーナの立場は料金を払ってのお客さん、である。

しかもオプスという精神的にも心強い仲間を得たケーナは、ただのお客さんではなかった。

自重という単語をどこかに置き忘れたかのように魔法を行使し、隊商の旅はとても速く、安全なものになった。

人のことをどうこう言う前に、自分の行いも顧みて欲しい。オプスは切実にそう願う。

「のう、ケーナ。これはちょっとやりすぎではないのか？」

「そう？」

馬車の屋根に陣取るケーナは、膝の上に座らせたルカを抱きかかえている。

自前の馬車を出そうとも考えたが、あのゴーレム幌馬車《ほろばしゃ》にゴーレム馬を繋《つな》げて走らせると、存在感がとんでもないのである。

ここでエーリネまで幌馬車騒動に巻き込むつもりはないので、早々に使用を諦めたのだ。

背後に立つオプスの問いには、とても不思議そうな表情で答える。

ちなみに馬車の屋根の上にいるのは、乗る場所がそこしかなかったからだ。

エーリネの隊商には客員待遇用の箱馬車がないのだから。

そして周囲の風景は高速で流れていく。

はっきり言って馬車が、数台がまとまった隊商の馬車列が持続できるような速度ではない。

まあ、一番困惑しているのはエーリネやそれを護衛する傭兵《ようへい》たちだ。

隊商を構成するのは箱馬車が二台と幌馬車が五台の車列である。

その車列を先導するように、やや先を土煙を上げて疾走しているモノがいた。

全長七メートル強もあり、一見すれば岩が結合した表皮を持つ四足獣。大型トカゲ種モンスターに分類される岩トカゲ《ロックリザード》である。

言うまでもなく召喚獣で、喚《よ》び出《だ》したのはケーナに〝お願い〟されたオプスだ。

レベル三五〇にして、ゲーム中では馬車を引く定番の人材（?）であった。

今回の役目は隊商の露払い役で、コレの突進を受けて生きていられるモンスターはそうないだろう。

ソレに追従する隊商自体もケーナの【増幅《ブースト》】を付加した【移動速度上昇《ムーブアップ》】により、馬車を引く馬は並足のように見えながら全力疾走の二歩前くらいの速度だ。

結局、本来掛かる日数より三日ほど短縮して、七日目の夕方には隊商は村へ到着を果たしたのである。

「なんか途中で馬三頭に引きずられたミノムシがいたような気がしたんだけど?」

「そうだったか、見た覚えがないのう?」

「……じゃあ、気のせいかなー」

哀れ、途中で遭遇した物体は全力で見なかったことにする所存だ。

自宅に戻ったケーナとオプスとルカとクーはメイドたちの歓待を受け、一緒にくっついてきたエーリネから運搬してきた麦を買い取る。

もう、暗くなって来ているので、蔵に運び込むのは翌日になるだろう。

とはいえども村の主要道路には外灯ならぬ【光精霊】がぽつぽつと存在する。夜中でも煌々《こうこう》と夜道を照らしていた。

アップデートで色々と枷《かせ》を外されたケーナが、少なくない【光精霊】を村に放ったのだ。

昼間は光に溶け込んでいて見えにくく、夜だけは行き交う村人たちの足元を照らす。

「なんといいますか、この村だけ王都とは違った驚きを受けますね……」

「道は明るいわ、風呂は自由に入れるわ、防衛手段に事欠かないわ、一種の要塞だな……」

夕食をマレールの宿屋で共にしたエーリネとアービタは素直な感想を漏らす。

意識しないで村の要塞化にメスを入れてしまっていたケーナの手腕は恐ろしいと思う他ない。

ルカは自宅にて夕食をとった後、疲れていたのか直ぐに寝入ってしまった。

オプスは特に出歩く理由がないので、家で留守番である。

ケーナがわざわざ宿屋まで出向いた訳は情報収集のためだ。

「なんでも一月後くらいにフェルスケイロで『闘技祭』というものがあるとか聞いたんですが……？」

「ああ、あるな。なんだ嬢ちゃん、ひょっとして出る気か？」

「ケーナ殿でしたら優勝は確実でしょう。公認の賭《か》けもありますし、それはそれで稼げそうですね」

　ケーナの実力を知っている二人は面白そうにニヤニヤしているが、彼女がそんな行動を起こすような者ではないと熟知している。

「生憎《あいにく》、弱いものイジメの趣味はありませんから」

　ケーナはきっぱりと断言する。

　闘技祭と聞いて彼女が考えたのは『あまり娯楽のない村において、地球で言うオリンピック中継のようなことができないか？』だ。

　そのためのアイテムは一応ある。

　目玉のアイテムで【対の瞳】という。

　片方の瞳で捉えた映像を、もう片方の瞳を持つ人物に届ける魔道具だ。

　本来は個人同士の伝達用に使うものではあるが、多人数での観賞用に大画面映像《プロジェクター》化する補助アイテムも存在する。

但しこちらの補助アイテムはアイテム作成技能《スキル》で作り出すものではなく、店売りの一品物だ。

勿論《もちろん》、ゲーム時代の店はこの世界には存在せず、ケーナもそんな趣味アイテムは持っていない。

では何処《どこ》にあるのかと言うと、心当たりはギルド本拠地だ。

時々、メンバーが【対の瞳】を持って行き、一日の行動を暇つぶしに面白おかしく実況していた時があったのを覚えている。

これを持って行ったのがギルドサブリーダーのエベローペだった場合、即座に阿鼻叫喚《あびきょうかん》の十八禁桃色空間実況中継となり、本拠地から未成年立ち入り禁止として叩《たた》き出されたのもいい思い出である。

そんな考えは家に戻り、オプスに計画を話した所で頓挫《とんざ》した。

「くりーむちーずのギルド拠点？」

「基本的にゲーム内にあったものはこっちに来ているのよね？　ヘルシュペルの北西端にあるはず……」

「ないぞ」

「……は？」

一言で切って捨てられ、沈黙がその場を支配する。

エピローグ

ケーナは何が何だかよく分らず、オプスの否定の言葉も頭に入っていないようだ。

オプスは斜め四五度の虚空を見上げて、思い出話を語る老人のような表情で淡々と事実を告げた。

老人なのか若者なのか男なのか女なのか、いまいちはっきりしない人物である。

「あれは……そう、リアデイル配信停止前日のことであった。『自分たちもド派手なことをやりたいね』などと零《こぼ》したメッシュマウトにも責任はあるが、最後だからと乗ってしまったメンバー全員にも非はあろう。つい最後の記念にと我等は……」

「……おい、まさか……」

「限界突破メンバー全員の魔力を結集して、合体魔法で拠点を吹っ飛ばしたのだ！　うん、綺《き》麗《れい》な花火だったのう……」

「皆のバカあああああああああっ!?」

覆水盆《ふくすいぼん》に返《かえ》らず。

そういえばそういうことを思いつきだけで実行に移すメンバーだったな……、と今更ながらに実感したケーナであった。

合体魔法とは聞こえだけは格好いいが、同一目標に多人数で同じ魔法を撃ち込む技法《コンボ》のことである。

一番初めに魔法を撃ち込んだ人物の威力を基準として、参加人数分倍々にしていくだけだ。通常通りであれば一番魔法の威力が高いケーナを基準とするのだが、当日には既に存在していなかったため、ステータスの一番高かったオプスが一番手を務めた。

ケーナに次ぐ魔力の爆炎魔法が二の一六乗され、綺麗なアーチ状の火柱でもって拠点を綺麗に吹き飛ばしたらしい。

最後の一ヶ月だということで建造物の破壊仕様ver.1.03がアップデートされ、結構な数のギルドが似たような馬鹿をやったとか。

道理で無数にあったギルド拠点を見かけない筈《はず》である。

後々に誰か使うという可能性を考えて欲しいと、ケーナは切実に思った。

流石《さすが》にゲーム世界が別の異世界に影響しているなどと誰が信じようか。

ケーナは魂の抜けた顔でテーブルに突っ伏した。

腕組みをしたオプスは「ふむ」と頷《うなず》き、そう言えばと切り出す。

「その前にギルド内で不要なアイテムを、まとめて引き取ったな。もしかしたらその中にお主の所望するアイテムが含まれていたのかもしれん。適当に纏《まと》めたからリストも作らんと、隙間の出来た倉庫に突っ込ませてもらったのう、確か」

「ホントッ！」

がばあっ！　と即座に復活し、テーブルに身を乗り出したケーナは反対側のオプスに詰め寄った。

「さあ行こう、直ぐ行こう、とっとと行こう」と急《せ》かすケーナを呆《あき》れた目で見つめたオプスは窓の外を指差す。

お察しの通り綺麗な青く光る月が浮かぶ真夜中である。

「とりあえず、今夜は体を休めてまた明日よの」

「あ……、そういやーそうだっけ……」

興奮してすっかり時間を忘れていたらしい。

特別短編1
ダンジョンマスターのお仕事の補佐

オウタロクエスの国でも東の端に位置するのがダンジョン村である。

元々は村でも何でもない、ただの森であった場所だ。

ダンジョンは一〇〇年程前に、薬草を探しに迷いこんだ冒険者たちが発見したと言われている。発見した当初はただの洞窟だと思われ、件《くだん》の冒険者たちも一時的な野営地にしようと近付いたらしい。

しかし、中に人工物だと思われる通路があったこと、その通路の壁が金色に光り輝いていたことから、発見した冒険者たちは「大発見だ」と小躍りして喜んだようだ。

最初は自分たちで独り占めにしようとしたらしいが、中から見たこともない恐ろしい魔物が現れたため、我先にと逃げ出してしまったという。

その後、森林を迷いに迷って助け出された時にはパーティメンバーが半分に減っていたらしい。同時にダンジョンの情報もギルドにもたらされた。

最初は冒険者ギルドも半信半疑だったが、派遣した探索チームが件のダンジョンを無事に発見したことで攻略に乗り出したのである。

しかしながらダンジョンから現れる魔物が想定外に強かったこともあり、一階を探索するだけでも多大な犠牲を払ったという。

その期間に命を失った冒険者たちは一〇〇人とも二〇〇人とも言われている。志半ばで散っていった彼らに哀悼の意を表したい。

彼らに安息の祈りを捧《ささ》げたいなら、ダンジョン村冒険者ギルド支部の裏の訓練所に名前入りの碑《ひ》があるので、そこで黙禱《もくとう》をするといい。

さて攻略の糸口が摑《つか》めたのは、ある冒険者パーティが魔物の発生ギミックを発見したことにある。

彼らはダンジョンに現れる魔物が、壁に埋め込まれた壁画から出現することを突き止めたのだ。

そしてその壁画を壊してしまえば、恐ろしい魔物は出現しないということも判明した。

それからの攻略はスムーズにというと語弊があるが、前半の苦戦は何だったのかといわんばかりの快進撃であった。

階層を進めて行って新たな魔物が現れた場合には、その魔物が描かれた壁画を破壊すれば脅威が去るのだから。

同時にこのダンジョンから得られた魔道具も目を見張る物が多い。

コマンドワードによる炎を噴き出す剣や、装備した者の力や魔法の威力を増す指輪。着れば水中でも活動可能な鎧《よろい》などである。

勿論《もちろん》ここに述べた物の他にも数々の魔道具が見付かっているが、極《きわ》めつけは喋《しゃべ》る剣であろう。

まだ犠牲者が多かった時期に第二階層の宝箱より発見されたそれは、人の言葉を朗々と話したのである。

最上級のインテリジェントウエポンと名乗るその剣は主人を選ぶらしく、未《いま》だに誰も扱えないままだという。

実績を積んでギルドマスターに認められれば、ギルドに保管してあるインテリジェントウエポンに会うことが叶《かな》うらしい。

冒険者諸君には研鑽《けんさん》を積んで剣を手にし、輝かしい姿を民衆に見せて貰《もら》いたいものである。

――オウタロクエス冒険者ギルド広報部

「何ですかそれ？」

「冒険者ギルドのカウンターに積んであった冊子じゃな」

暇潰しに読んでいた冊子から顔を上げ、オプスはサイレンにそれを渡した。

サイレンは数ページしかない冊子を適当に流し読みをし、つっけんどんな態度でオプスへと投げ返す。

「おわっと。お主は全く……。その他に対する扱いが、どんどんぞんざいになってきておらぬか？」

「取るに足らない紙に対する情熱は持ち合わせていないものでして」

「辛辣《しんらつ》じゃのう……」

サイレンの物言いに、オプスは紙にすら憐《あわ》れみを感じて苦笑いを浮かべる。

それとは別に哀れに思うのは、地下二階の宝箱にこれ見よがしに入れておいたインテリジェントソードの扱いだろう。

あれはやたらと尊大に喋る癖に、能力値の付加は何もないアイテムだ。マジックアイテムとしては下も下。ランクにしてＧ級以下とも言うべき代物である。

ゲームであった頃には『ボッチ限定』などという蔑称《べっしょう》がついていたものだ。

冒険者たちは剣が喋るというところばかり重視し、その効果はさして見込めないとは思ってもいないらしい。

尤《もっと》もらしいことをベラベラ喋る剣に踊らされる冒険者たちには、失笑しか浮かばないところである。

「暴挙は放置して宜《よろ》しいのですか？」

「……暴挙？」

「『召喚板《魔物がポン》』を叩《たた》き割《わ》っている行為のことです」

「ああ、問題なかろう。やればやるほど自分たちの首を絞めていると気付いておらんようじゃしの」

宝箱以外でアイテムを得ようとすれば、魔物を倒さねばならない。その魔物が出現する召喚板を壊すということは、アイテムを得る機会を完全に失うということだ。

元々はゲームを始めたての初心者をおちょくるために作ったダンジョンで、ドロップアイテムも微妙な効果を及ぼすものばかりであった。

ゲームでなくなった今は冒険者の質が下がっていることも相まって、微妙な効果のアイテムが至宝のような扱いをされている。

とんでもない値段で取り引きされる物もあって、笑うしかない。

魔物が倒された場合、宝物殿（ドロップされるアイテムを納めてある部屋）からアイテムが放出されるが、ここ数年は全くと言っていい程減っていない。

なのでオプスが時折宝物殿から持ち出して、冒険者ギルドに売却するということを繰り返していた。

勿論その際には姿形を変え、名前を偽った状態でだ。

変身した姿は何処《どこ》にでもいるような、特徴らしい特徴のない四十代くらいのおじさんだ。絡《から》み易《やす》そうに見えたらしく、最初に魔道具を売りに行った時など十数人の冒険者にちょっかいをかけられた。

裏路地に連れて行かれて、恐喝紛《まが》いの暴行を加えられようとしたこともある。

オプスはそれらの者たちを、人畜無害そうなおじさんの姿で撃退してきたのだ。

拳《こぶし》一《ひと》つでタコ殴りにしたこともあれば、魔法を使って天高く吹き飛ばしたこともある。その際は死なないように受け止めるのが大変だった。

オプスは手加減を駆使して決して殺さず、心が折れるまでボッコボコにするのだ。

いつしか魔道具を売りに来るおじさんは恐怖の代名詞となり、冒険者たちから一目も二目も置かれるようになったのである。

「最近は絡んでくる奴《やつ》もおらんで、つまらなくなったのう」

「ご主人様に刃向かう愚か者が減って、結構なことではありませんか。言っては何ですが、ご主人様があのような姿で周囲の者に愛嬌を振《ふ》り撒《ま》いているのを見ると、鳥肌が止まらなくなるので止めていただきたいのですが……」

いつだったか、サイレンがお使いで地上に出た時に、低姿勢で他の冒険者たちにへこへこと頭を下げている姿を見た時の衝撃といったらない。

余りのインパクトに数秒頭が真っ白になったという。

腕を擦りながら震えるサイレンを見て、オプスはそんなに演技が露骨だったのだろうかと自信をなくすのだった。

「それにしても来ないですね」

「ああ、来んのう」

最下層の部屋から天井を見上げたサイレンに続き、オプスも首を捻《ひね》る。

「あの方に渡ったのは確認したのですよね？」

「うむ。我の守護者と接触したのは間違いない。近い内にここを嗅ぎ付けてくるじゃろう」

「そう聞いてもう二ヶ月経《た》ちますが……」

彼らがこんな地下深くに居を構えるのには訳がある。オプスの陰謀という名の趣味だ。

付き合わされるサイレンも堪《たま》ったものではないが、ご主人様に造り出された身としては、拒否権がないのが辛いところである。

だが、いつまで経っても待ち人が来ないのだ。

オプスの予想ではその品物を受け取ってから、待ち人がダンジョンに突入して来るまで最短で一〇日ぐらいだと踏んでいた。

それが二〇日が経ち、四〇日が過ぎ、六〇日に差し掛かればさすがに読みが外れたどころではないと気付く。

「実はご主人様の意図に全く気付いていないとか？」

「…………」

言われてみれば待ち人は相当鈍いところがあるため、その可能性も充分にあるかもしれない。

「渡されたのが本だったため、そのままアイテムボックスに放り込み、既に忘れている」

「…………」

その可能性もありそうで、オプスの頭にでっかい涙滴型《るいてきがた》の汗が浮かぶ。

後で読もうとして忘却し、アイテムボックスの肥やしと化しているかもしれない。

「そして一番ないと思いますが、ご主人様からだからといって物品を受け取っていない可能性も」

「…………」

一番低い可能性のことをはっきりと指摘され、オプスがだらだらと嫌な汗をかき始める。

待ち人がオプスからの品物だからというだけで、受け取り拒否をする可能性は零ではない。

待ち人にそこまで嫌われていたのかと思うと、オプス的にはアウトだ。

サイレンはご主人様が目に見えて落ち込んだ姿というものを初めて目にした。

あれほど常に自信に満ちていた態度が崩れたのだ。

「元気出してくださいご主人様。分からなければ、様子を確認すればいいではありませんか」

「そ、そうか。そうじゃな。全く彼奴《きゃつ》め、我をこんなに待たせるとは何を考えておるのじゃ。きっとくだらないことに入れ込んで、我の課題を意識の彼方《かなた》にすっ飛ばしておるのじゃろう」

自分に喝を入れて無理矢理持ち直したオプスが、拳を握って立ち上がった。

チョロい、などという言葉を飲み込んだサイレンは、調子を取り戻したご主人様を更に煽《あお》る。

「それでは一度様子を見に行かれてはいかがですか？　直接的にではなく、間接的に促すこともできるのでは？」

「うむ。ならば出かけてくるとしよう。留守は頼んだぞ！」

満足そうに頷《うなず》くと、オプスは紫色の発光物体となって消えていった。【転移】でよく見られるエフェクトの残光である。

ひらひらと手を振って見送っていたサイレンは、残光が全て消え去ると肩を竦《すく》めた。

「さて。こうなると暫《しばら》くは戻ってきませんね。少しはゆっくり致しますか」

サイレンはお茶の用意を整えると、隠してあった秘蔵のスコーンとジャムを取り出して楽しむことにする。

鬼の、ご主人様のいぬ間になんとやらだ。

こう見えてもあのご主人様の相手は中々疲れるのだ。

こうして言葉巧みにご主人様を追い出し、ゆっくりのんびりするのがサイレンのひそかな楽しみであった。

特別短編2

魚と猫

「おはよう、ロクシリウスさん」

「おはようございます。本日も気持ちのいい朝ですね」

朝のパトロール中に鍬《くわ》を担いだ村人に会い、挨拶を交わす。

朝の涼しいうちに畑を耕しに行くという村人と別れ、ロクシリウスはいつも通りのコースを通って村を回る。

毎日の日課ではあるものの、日にちごとに通るコースは変えていた。

同じコースのみを回っていても、それ以外の場所で何か異常がないとも限らないからだ。

「おやおや、今日も朝からせいが出るねえ」

「おはようございます」

「そんな頑張り屋なロクシリウスさんにはこれを。さっき採《と》れたばかりだから新鮮だよ。ケーナちゃんにもよろしく伝えておくれ」

「いえこれは……、受け取れません。先日も頂いたばかりです」

馴染《なじ》みの老婦人より、小さな籠に入れられた実を渡される。

貰《もら》ったものは酸味の強い赤実と呼ばれていた野菜だ。

ケーナがある日それを見て「トマト」と呼んだために、村に広まって今ではそちらの呼び方になってしまったという経緯を持つ。

主食やサラダに幅広く使われている野菜で、ほとんどの農家で作っていた。

ここ辺境の村では、ロクシーヌが伝え広めた加工品のケチャップや料理のピザによって、作付けの面積が増えたくらい人気である。

「なあに、あたし一人で腐らせちまうより、誰かに食べて貰った方が幸せってもんだね」

あまりにも眩《まぶ》しい笑顔でそう言われれば、ロクシリウスも受け取らないわけにもいかなかった。

ただ、そのお礼が口頭だけだというのが我慢できず、ロクシリウスは「何か困ったことがあったら、何時《いつ》でも言ってください。ぜひ手伝わせていただきます」と自分を売り込むのだった。

要するに真面目《まじめ》なのだ、彼は。

それがまた村のご婦人方に人気で、ちょこっとの手伝いで野菜や料理を貰うものだから、ケーナ家の食生活は何時も色鮮やかであったりする。

初期の頃には、自分の作る料理よりも手の込んだものを貰ってくるのを目の敵にしていたロクシーヌがいた。

ロクシリウスが食材や料理を貰ってくる度にいちゃもんをつけて、噛《か》み付《つ》いてからの実力行使という名の喧嘩《けんか》に発展することが多々あった。

二人が本気で喧嘩なんぞすれば、家が根こそぎなくなるようなものである。

それが壊れもせず無事に立っているのは、二人がケーナの怒りを恐れてその力をセーブしているのと、ロクシーズ喧嘩調停大臣であるルカのお陰だ。

最近ちょっと二人の喧嘩に慣れてきたルカは、最初の口喧嘩の応酬から先の展開が少し読めてきたらしい。

本気の応酬に至らなければ、口を挟まないでじっと見る。という作戦を実行するようになっていた。

無言の無表情でじっと見つめられ、「喧嘩するの？」とでもいうように瞳が揺れ動けば、二人ともしぶしぶ矛《ほこ》を収めるしかない。

そして更にサイレンがメイド長的なポジションに就けば、二人の喧嘩指数は自然と下降していくこととなった。

今度はルカの瞳の圧とは比較にならない程恐ろしい罰が待っている。

一度それを体験すればロクシリウスもロクシーヌも、二度と手の出る喧嘩をしようとは思わなかった。

それはサイレンから目の笑っていない笑顔で頼まれたオプスの行使する、不可思議なスキルによる魂の交換であった。

それによってロクシリウスはロクシーヌの肉体に入り、ロクシーヌはロクシリウスの肉体を使わざるを得ないことになる。

しかもそうなったら、その日一日は使用する肉体の日常生活をそのまま行わないといけないのであった。

ロクシーヌは嫌々村のパトロールをし、子供たちに勉強を教え（時々頭の固い大人も交じる）、風呂の掃除をし、村人たちと交流。

はっきり言ってロクシーヌには苦行の一言に尽きる。

性格的に向いてないのだ。社交的な一面は持ち合わせていないからでもある。

それに自分の肉体をロクシリウスが使っているというのは、途轍《とてつ》もなくおぞましく感じるものであった。

ロクシリウスも女性の体を使うことに途轍もない違和感があった。

ロクシーヌと同じく自分の体が手元にないというのは、ものすごいストレスである。

その日以来、多少の口論はあるものの、それ以上の喧嘩には発展しなくなったのは言うまでもない。

あのようなおぞましい経験は、二度もない方がいい、というのが二人の共通の見解である。

サイレンの「この二人の喧嘩を止めるにはどうしたらいいですか？」との問いに、「この世の物とは思えない苦行を体験してみたらよかろう」などと呟《つぶや》き、次の瞬間には実行するオプスの手腕は、ロクシーズの二人にとって悪夢のようであった。

脅《おど》されているような状況にもかかわらず、口にしたことを速攻で実行する決断力には、自分たちの主《あるじ》であるケーナとも違う狂気を感じている。

そのくせケーナの言うことはよく聞くのだから、二人にとってさっぱり正体の摑《つか》めない御仁である。

それは別として、ルカが更に暇になったのは仕方がないことであった。


その日も村の外周を回って、凶悪な獣などが村に近付いた形跡がないか？　などをチェックしつつロクシリウスは失笑を漏らす。

今の自分が、完全に執事などとは言い難い状況だからだ。

まあ、外敵から家（村全体を含む）を守るという行為は大事な仕事ではあるが、家令としての仕事がほぼないのは仕方のないことである。

大きなお屋敷ならともかく、今のこじんまりとした一軒家では六人くらいで暮らすのが精一杯で、家令の仕事なんてないにも等しい。

最初の頃にケーナに呼ばれた時も子守りだったのだから、緊張感が続く今の役割などがロクシリウスには合っているのかもしれない。

そもそも今の役割に不満があるか、と問われれば、首を横に振るしかない。

ケーナに呼ばれて応え、彼女を主と仰いでその力になるのは彼にとって使命のようなものだ。

強いて言うのならば、ここに来る前にいたあの監獄のような場所には二度と戻りたくない。

というのは、ロクシーヌやサイレンも同じ意見である。

正確に言うのならば、ルカの面倒を見てもらうためにケーナが召喚執事であるロクシリウスを呼び出した時の、そのほんの少し前のことであった。

不意に目覚めたロクシリウスが見た光景というのが、異様なものだった。

果ての見えない真っ白な空間に、自分たちと同じような召喚執事やメイドが等間隔で並べられているのは、絶対まともではない。

そこでは各自が台の上に乗っていた。

フィギュアを飾るような台の上に立ち、目を閉じた同僚が一〇〇人程並ぶ光景は、まるで出荷を待つ人形のようであった。

その直後にケーナに呼び出されたため、その後の彼らがどうなったのかは不明である。

だからと言って、今の契約を絶ってあの空間にトンボ返りする勇気はロクシリウスにはなかった。

役割に首を傾《かし》げようとも、主の傍《そば》にいられて頼りにされる。

それだけで、ロクシリウスがケーナに忠誠を誓うには充分なのだ。

その日も村内の見回りと、外から何か入り込んでいないかのチェックをしていた。

外からの脅威には、等間隔に設置してあるガーゴイルが外敵を排除する。

一応村人から怖がられないように、その姿は雪ウサギの形状に変えてあり、可愛《かわい》らしい姿でありながら戦闘力は健在だ。

ただ敵を倒した場合には、その骸《むくろ》を処分するような器用さは持ち合わせていないため、定期的に見まわるロクシリウスがその役目を担う。

「……？」

ガーゴイルの一体に違和感を覚えたロクシリウスは、近寄ってみてその違和感の理由を知った。

注視した一体だけが、村の内側を向いていたのだ。

他のガーゴイルは調べるまでもなく、村の外側を向いているので問題はない。

周囲を探ってみても戦闘の行われた痕跡《こんせき》はなく、不可思議な状況であった。

主人であるケーナに報告すべきか、と思った時である、すぐ傍に気配が生まれたのは。

「動いたから！」

「っ!?」

驚いて体の向きを変えると、薄緑色の羽を広げた妖精が浮いていた。

直前まで気配も何もなかったというのに、発言と同時にその場に出現したとしか思えない唐突さである。

警戒状態であったロクシリウスも危うく攻撃してしまうところだった。

「クー様？」

「助けたの！」

青い瞳をきらめかせ、元気いっぱいで楽しそうに言う言葉の意味はよく分からない。

つい先日実体化したというこの妖精は、ケーナの言葉を信じるなら割と最初から彼女と行動を共にしていたらしい。

ロクシリウスがルカの護《まも》りに呼ばれた時も、ケーナと一緒に行動していたというのだから驚きだ。

後になって合流したオプスの言葉によれば、ケーナと一緒にいることで真価を発揮する役割を持っているのだと聞いた。

それが何を意味するか分からないが、ロクシリウスにしてみればケーナと同じく敬意を抱く相手だということだ。

「何を助けたのですか？」

「助けたから！」

ただ、この妖精は言葉を組み立てることができないらしく、会話には非常に労力を必要とする。

やはり主人を通さねばクーの話していることの一〇分の一も理解できないのだろうか、と思い始めた時であった。

割と近くから聞き覚えのある悲鳴が聞こえたのは。

「きゃあっ!?」

「あ！」

「ミミリィ殿？」

クーはその悲鳴を聞きつけるなり、未確認飛行物体のようなジグザグな軌道を描いて飛んで行ってしまう。

果たしてあれが妖精の飛行なのだろうか、と首を傾げるくらいには未知の飛び方だ。

遅れてロクシリウスも駆けだすが、クーに追いつけるはずもなくあっという間に視認できなくなる。

「速い。やはりクー様は高レベルなのだな」

特別短編2　魚と猫

見当違いなことを呟きつつ、木々が纏《まと》まって生えているところを越えた先にミミリィはいた。

やたらと敵意のある鶏《にわとり》に囲まれているという状態で。

「はあ？」

一目見ただけでは、いったいどうしてそうなったのかロクシリウスにも分からない。

ミミリィはいつもの陸上を移動するための脚付きの浴槽に収まっているが、その周囲は十数羽の鶏に囲まれていた。

体を縮こめて怯《おび》えているのは、目を三角にした鶏たちが翼を羽ばたかせて浴槽に飛びかかろうとしているからだろう。

生憎《あいにく》と浴槽の縁は、鶏たちが一息で飛び上がるには高すぎた。

だが四方八方から鶏たちに飛びかかられて、ミミリィはすっかり怯えてしまっている。

脚付きの浴槽はゴーレムだが、ケーナが作った移動用だ。

それ以外の用途に使うことは考えられておらず、ミミリィの指示もないのでその場に足を止めたままなのだろう。

先に到着したクーは小さな体で鶏を追い払おうと奮闘してはいた。

してはいるのだが、怒り心頭の鶏たちにとってクーは相手にするほどのこともないようだ。

「むー！」

頬《ほほ》を膨らませたクーが鶏を追い払うのを止めてミミリィの頭上の空中に仁王立ちすると、空間を歪《ゆが》ませて無数の赤い矢印が出現した。

嫌な予感がしたロクシリウスはその場に割り込むように駆け出す。

「お待ちください、クー様！　それを放ったら鶏がひとたまりもありません！」

「だって！」

むくれて暴挙に走ろうとするクーをロクシリウスは諫《いさ》める。

鶏は村内を自由に闊歩《かっぽ》しているが、村人たち全員の共有財産だ。

誰かが好き勝手に殺《あや》めていい訳ではない。

「私にお任せを」

ロクシリウスは鶏たちに近付くと指笛を吹く要領で【鳥遣い《バードマスター》】のスキルを発動させた。

ピーッという甲高い音と共に、怒り狂っていた鶏たちが徐々に大人しくなる。

最終的にはどの鶏たちも地面に座り込み、ふくふくと丸くなってくつろぐ姿に収まった。

直後に上から落下して来た赤い矢印に驚いて、三々五々散って行く。

「あ、ありがとうございます」

目に涙を溜《た》めながらミミリィがお礼を言う。

「むー！　むー！」

自分が助けたかったのにー、とでも言いたげにクーがむくれている。

ロクシリウスはそんなクーを「まあまあ」と宥《なだ》めながらミミリィに怪我《けが》などがないか確かめていた。

「お怪我はありませんね？」

「はい。お陰様で」

ぽーっと潤んだ熱い目で見上げて来るミミリィに、ロクシリウスはどういう状況でこうなったのか聞いてみた。

「ええと。私にもよく分からなくて……。最初は鶏さんに触ってみようと手を伸ばしたんですけど。そしたらいきなり襲いかかって来て……」

「ふむ？」

「鶏に嫌われた！」

「えっ⁉」

考えるよりも先にクーが極端な結論を出したことで、ロクシリウスの目論見《もくろみ》が崩壊する。

きちんと話を聞いて関係改善に努めようと思ったのに、いきなり台無しだ。

「いえ、きっと何か別の理由があったのかもしれません。何をしたか覚えていますか？」

「……ええと、確か……。尾に触ろうとして……」

頬に手を当てて記憶を絞り出すような発言にクーが「それだー！」と大声を上げる。

「え？　えっ？」

「ミミリィ殿。尾に触ろうとしたら大抵の動物は嫌がるものなのですよ」

「えっ、そうなんですか!?」

心底驚いた表情に、これは何か誤解しているところがあるなと感じたロクシリウスは、その行為に至った経緯を尋ねてみた。

「じ、実は、人魚族は尾びれに触るのが親愛の証《あかし》であってですね」

「それ地上でやると、色々と問題が出ます。人魚の常識は人に試さない方がいいですね」

「ええっ」

獣人族の尾などがいい例だ。

あれは余程信頼された人か夫婦でないと、触ることはできないのが常識である。

竜人族《ドラゴイド》は尾に無頓着な者が多いが、たまーに妙に飾り立てている者がいるので、そこは触れるとヤバイ報復をされる場合がある。

魔人族の角も似たような物なので注意が必要だ。

その辺りをこんこんと説明し、ミミリィの目が死にかけたところで一旦話を打ち切った。

「きょうはここまで。この続きはまた次の機会にしましょう。地上での生活に必要な情報は、一通り知っていた方が良さそうですね」

「ええーっ、まだあるんですか⁉」

「当然です。恥をかくのはミミリィ殿なのですよ」

「きびしー！」

他人事《ひとごと》で楽しそうだが、一番そういった教育が必要なのはクーではなかろうか。

しゅんと意気消沈した表情で俯《うつむ》いたミミリィに、ロクシリウスは「送りましょう」と持ちかけた。

「え、あ、はい。ありがとうございます！」

途端に元気になるミミリィを不思議に思ったロクシリウスだったが、送っている行程でそのことは忘れてしまった。

道中の会話が弾み、今日は何をしていたかの話になってガーゴイルを動かしたのがミミリィだと判明したからだ。

正確には、ガーゴイルを見ようとして身を乗り出したミミリィが浴槽から転げ落ちそうになり、クーがガーゴイルに命令して彼女を救ったらしい。

だから「動かした」「助けた」ということなのだろう。

問題はケーナの支配下《しはいか》にある筈《はず》のガーゴイルを、クーが動かせることに対する疑問だ。

本人に聞いても能天気で、何を考えているのか分からないためケーナに聞くしかなさそうだ。

ミミリィを公共浴場まで送り届け、その場を離れようとした時にロクシリウスは呼び止められた。

「ロクシリウス様！」

「はい。どうかされました？」

「あの、……また会えますか？」

「え？　ええまあ。午前中には公共浴場の掃除がありますから」

「ああ、そうでしたね。忘れていました」

「？」

「はい。それではまた明日」

何やら腑《ふ》に落《お》ちない挨拶に首を捻《ひね》りつつ、帰宅するロクシリウスであった。

その頭の上ではクーが処置なしとでもいうように、肩を竦《すく》めていたという。

登場人物紹介

WORLD OF LEADALE

Character Data

6

Character Data

オプス

［オペケッテンシュルトハイマー・クロステットボンバー］

黒の国所属で魔人族のプレイヤー。
Lv1100の超越者の一人。
スキルマスターNo.13。

本来は14だったが、欠番が出たために繰り上がった。尊大で自信の塊。戦争時にとんでもない作戦を立案して実行し、プレイヤーたちを阿鼻叫喚の地獄に追い落としていたことから「リアデイルの孔明」と呼ばれていた。
実はVRMMOリアデイルを作った原作者であり、運営と繋がっていた監視者でもあった。ケーナとの繋がりはまだ謎の部分がある。

Character Data

クー

ケーナ家のマスコット。身長20センチメートルの妖精。

薄緑色の羽根と髪を持つ可憐な少女の姿をしている。喜ぶのと怒るくらいしか感情を持っておらず、よく言えば天真爛漫、悪く言えば唯我独尊？
VRMMOリアデイルのサブシステムを統括する役割を持っている、(そう見えないが)ハイスペック妖精である。

あとがき

こんにちは、こんばんは、おはようございます。作者のＣｅｅｚ《シズ》です。

本日は『リアデイルの大地《だいち》にて』六巻を手に取ってくださり誠にありがとうございます。

早いもので刊行もこれで六巻となりました。最初に編集さんと打ち合わせした時には、一冊一〇万文字というから「五巻で終わっちゃうんじゃない」などと私も思っていました。

Ｗｅｂ版を見た方々から「五巻もあるなんておかしくない？」という意見も寄せられましたが、私もそう思います（オイ
今回はＷｅｂ版でも物議をかもした問題のシーンが入っていますので、可能な限りマイルドな設定に落としたつもりです。当時は初心者だったため伏線の張り方などが全く分かっておらず、読者の方々には突拍子もない設定暴露でご迷惑をお掛けしました。

これでまた物議をかもしたら、それはもう私の脳内がおかしいんだ、文章の組み立て方にセンスがないんだ、ということで諦めよう。

しかも今回は帯を見て貰《もら》えれば分かる通り、アニメ化という私の中では大事件が⁉　いや何で私の作品が⁉　と未《いま》だに何度も思っています。不思議ですねー。しかし決まってしまったからには、読者の方々に楽しんで貰えるよう原作者の観点から精一杯頑張るつもりです。

そして今回、担当編集様、絵師のてんまそ様（毎回素敵なイラストをありがとうございます）、校正様、他この作品に携わっている皆様には大変ご迷惑をお掛けしました。二度とこのようなことがないように努めてまいりますので、次回もよろしくお願い致します。

Ｃｅｅｚ

祝アニメ化。
うごく。しゃべる。おとがでる。
すごい。やばい。とてもよい。
今日も天気がよい。
寝る前に歯を磨いて寝て待とう。

アニメ化
おめでとうございます！
コミックもますますがんばります！
（見だしお）

リアデイルの大《だい》地《ち》にて6

2021年2月27日　初版発行
2021年12月10日　再版発行

著　者　Ceez《シズ》
イラスト　てんまそ
発行者　青柳昌行
発　行　株式会社KADOKAWA
〒102-8177 東京都千代田区富士見2-13-3
電話 0570-002-301（ナビダイヤル）

編集企画　ファミ通文庫編集部

担　当　和田寛正
デザイン　横山券露央、小野寺菜緒（ビーワークス）
写植・製版　株式会社オノ・エーワン
印刷・製本　凸版印刷株式会社

[お問い合わせ]
[WEB]https://www.kadokawa.co.jp/（「お問い合わせ」へお進みください）
※内容によっては、お答えできない場合があります。
※サポートは日本国内のみとさせていただきます。
※Japanese text only

 ISBN978-4-04-736509-4 C0093　定価はカバーに表示してあります。

電撃コミックスNEXT
ComicWalker／
Webデンプレコミック
ほかでコミカライズ
好評連載中！
コミックス1〜2巻好評発売中!!
1
リアデイルの大地にて
2
リアデイルの大地にて
最新第3巻
2021年春発売予定！

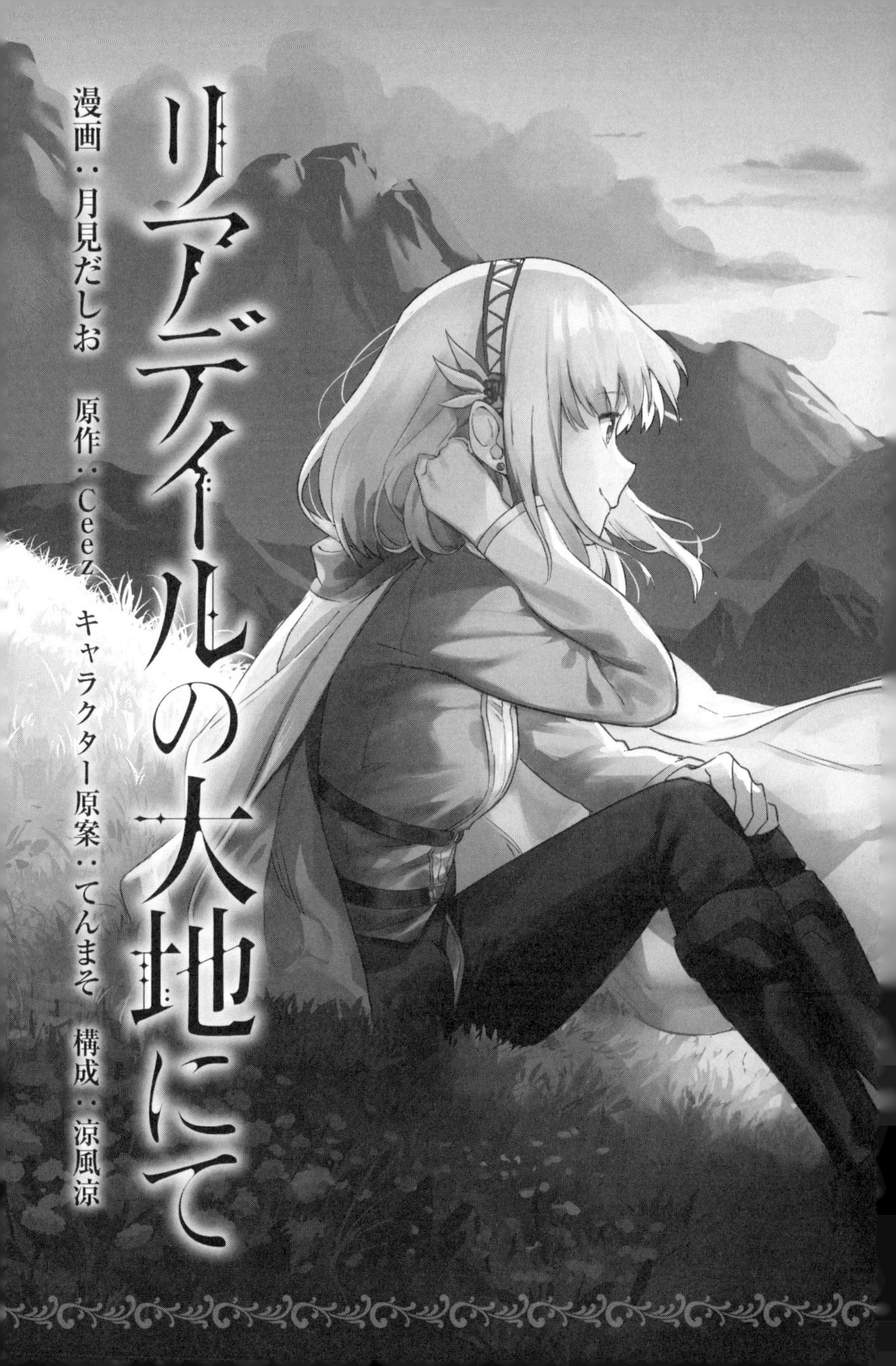
リアデイルの大地にて
漫画：月見だしお
原作：Ceez
キャラクター原案：てんまそ
構成：涼風涼

異世界ではじめる二拠点生活
「空間魔法で王都と田舎をいったりきたり」
著：錬金王
イラスト：あんべよしろう
B6判単行本
KADOKAWA/エンタープレイン 刊
KADOKAWA
eb! enterbrain

KADOKAWA enterbrain
ボクは再生数 ボクは死
石川博品
クレタ
著:石川博品
イラスト:クレタ
B6判単行本
KADOKAWA/エンターブレイン 刊
STORY
世界一の美少女になるため、俺は紙おむつを穿く――。
しがない会社員の狩野忍は世界最大のVR空間サブライム・スフィアで世界最高の
美少女シノちゃんとなった。VR世界で恋をした高級娼婦ツユソラに会うため、
多額の金銭を必要とするシノは会社の先輩である斉木みやびと共に
過激で残酷な動画配信を行うことで再生数と金を稼ぐことを画策する。
炎上を繰り返すことで再生数を増やし、まとまった金銭を手にしたシノは
ツユソラとの距離を縮めていくのだが、彼女を取り巻く陰謀に巻き込まれていき――!?

ボクは再生数、
I am the views and
I am the death.
ボクは死
石川博品 最新作!
現実を凌駕するVRエロス&バイオレンス!!

著:**槻影** イラスト:**メロントマリ**

B6判単行本 KADOKAWA/エンターブレイン 刊

STORY

病に苦しみ、命を落とした少年が再び目覚めた時――彼は邪悪な死霊魔術師【ネクロマンサー】の力により、最下級アンデッドと化していた。念願の自由な肉体を手に入れ歓喜する少年エンドだが、すぐに自らを支配するものが病から死霊魔術師に代わっただけであるという事実に気づく。彼は真の自由を勝ち取るために死霊魔術師と戦うことを決意するも、闇に属する者をどこまでも追い詰め、滅する事に命を賭ける終焉騎士団もまた彼の前に立ち塞がり……!?

「勝つのはロードでも終焉騎士団でもない。――この僕だ」

最弱のアンデッドVS
最凶のネクロマンサーVS
最強の終焉騎士団
昏き宮殿の死者の王
KADOKAWA eb! enterbrain

スキル
《ダンジョン生成》を
使ったら、
最強魔王六人の
主になっていた!?
activation
{ Dungeon Generation }
未実装の
ラスボス達が
仲間に
なりました。
The unimplemented end-stage enemys have joined us!
Author ながワサビ64
Illust. かわく

修太郎と
魔王たちの邂逅は、
デスゲーム世界の
希望となるのか!?
《START: DEATH GAME》
ゲーム内に
閉じ込められた
プレイヤーたちも、
それぞれの思いを
賭けて奔走する!!
The unimple
mented
end-stage enemys
have joined us!
contract: { BOSS MOB }
The Six Demon Kings
and the Lord of the Dungeon

航宙艦が墜落した先は――
剣と魔法の世界!?
KADOKAWA
enterbrain

幼女信長の
異世界統一
舞阪 洸
【Illustration】tef

幼女信長の
異世界統一
第六天魔王、
幼女の姿で
異世界に
降臨す!!!

漫画版も!
デンプレコミック
ComicWalker
ほかで
好評連載中
!!!!!!!!!!!!
ちびっこ賢者、
Lv.1から異世界でがんばります!
The Small Sage Will Try Her Best In The Different World From Lv.1!
小さな最強賢者の、
まったり奮闘ファンタジー!
彩戸ゆめ
ill.竹花ノート
重版出来!

女神により転生することになったお爺ちゃん。
望んだのは「健康な体」だけだったのに、
チート能力までも与えられてしまう！
転生後にその力を持て余していた彼は、
女神の「冒険者になって人生を楽しみなさい」
という助言により、冒険者として王都へ赴く。
コミカライズ
月刊コミックアライブ
Webにて
毎月27日連載中！
enterbrain

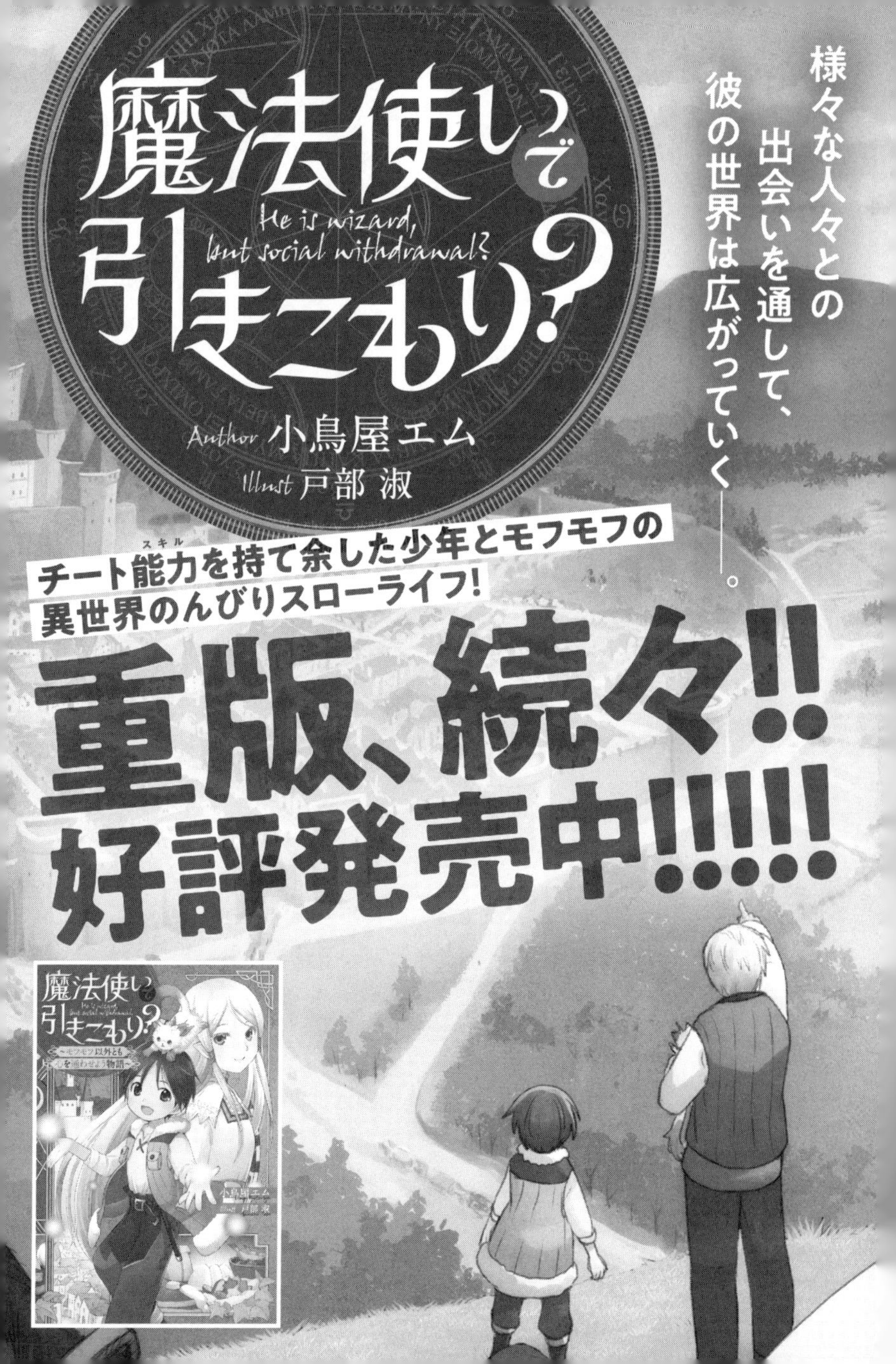
魔法使いで引きこもり？
He is wizard, but social withdrawal?
Author 小鳥屋エム
Illust 戸部 淑
様々な人々との
出会いを通して、
彼の世界は広がっていく――。
チート能力《スキル》を持て余した少年とモフモフの
異世界のんびりスローライフ！
重版、続々!!
好評発売中!!!!!
魔法使いで引きこもり？
～モフモフ以外とも
心を通わせよう物語～
小鳥屋エム
戸部 淑

KADOKAWA／エンターブレイン 刊
B6判単行本
KADOKAWA
enterbrain
Ietsukuri skill de isekai wo ikinobiro
家つくりスキルで異世界を生き延びろ
小鳥屋エム
ill. 文倉 十
異世界は意外と世知辛い!?
努力家少女の
DIY奮闘ファンタジー!
辺境の地で生まれ育った少女クリスはある時、自身が【家つくりスキル】を宿していることを知る。さらに日本人・栗栖仁依菜としての記憶が蘇った彼女は一念発起して辺境の地を抜け出し、冒険者となることに。過酷な旅を経て迷宮都市ガレルにやって来たクリスは自分だけの家を作って一人暮らしを満喫しようとするも、他国の人間は永住することすらできないと役人にあしらわれてしまう。「だったら旅のできる家を作ろう!」と思い立った彼女は中古の馬車を改造して理想の家馬車を作り始めるのだが——。スキルに人生が左右される異世界で、ひたむきに生きる少女の物語が今始まる!

針と蜘蛛と精霊で織りなす
幻想的な異世界裁縫
ファンタジー。
針子の乙女
HARIKO NO OTOME
［はりこのおとめ］
Zeroki Presents
Illustrated by Miho Takeoka
著＝ゼロキ
Illustration
岡美穂